Ich werde dich nie vergessen

Kurzgeschichten von Ana Juna

Ich werde dich nie vergessen

Ana Juna

1. Auflage,

Annika Ruske "Ana Juna Autorin"
Reitlingstraße 38, 38126 Braunschweig
annikaruske@outlook.de
www.anajuna.de
Instagram: @anajuna.autorin

Covergestaltung: Nina Hirschlehner, NH Buchdesign, www.nh-buch-design.com
Lektorat und Korrektorat: Melina Coniglio, www.melinaconiglio.de
Buchsatz: Marie Döling, www.writeinpieces.jimdofree.de
Illustration: Robyn Labod, www.robynlabod.com

Bestellung und Vertrieb: Nova MD GmbH, Vachendorf
Druck: BookPress.eu – Olsztyn, Poland

ISBN: 978-3-96966-402-5

Dieses Buch ist meiner kleinen, großen Schwester Marieke gewidmet, die mir mehr bedeutet, als ich in Worte fassen kann.

Außerdem ist es für all die Kämpfer_innen da draußen, die im Leben an Punkte gekommen sind, an denen sie dachten, es geht nicht weiter. Für die jungen Seelen, die in ihrer Jugend an falsche Menschen geraten sind und über Jahre ihren Selbstwert an bestimmte Ereignisse geknüpft haben.

Ihr seid stark! Ihr seid wertvoll!
Ihr seid gut so, wie ihr seid!
Ihr seid niemals selbst Schuld und ihr habt nichts falsch gemacht!

Vorwort und Triggerwarnung

Als ich die Kurzgeschichte "Ich hab' dich nicht vergessen" schrieb, plante ich keine Fortsetzungen. Doch das Schicksal meiner Charaktere ließ mich nicht los. Und so entstanden insgesamt vier Kurzgeschichten, die mir die Welt bedeuten.

Manchmal müssen Gedanken raus, Erinnerungen verarbeitet und Themen angesprochen werden.

Du hältst hier mein Debüt in den Händen, einen Schatz, der nicht nur all meinen Gedanken einen Platz gibt, sondern meine Liebe zum fiktiven Schreiben ganz neu entfacht hat.

Die Geschichte basiert auf realen Ereignissen und Personen, gepaart mit viel Fiktion.

Wenn **Triggerwarnungen** bzgl. sensibler Themen für dich relevant sind, empfehle ich dir, vor dem Lesen der Geschichte das Nachwort auf **Seite 154** zu lesen. Ich verzichte darauf, hier die Trigger zu spezifizieren, um den Inhalt der Geschichte nicht zu spoilern.

Ich hab' dich nicht *vergessen*

Ein Ereignis

Ein Ereignis,
Mag es für den einen noch so winzig klein erscheinen,
Kann wie der Flügelschlag eines Schmetterlings
Eine riesengroße Wirkung haben.
Der eine fliegt nach oben,
Während der andere abstürzt.

Doch dir ist nicht bewusst,
Dass dein Höhenflug jederzeit
In einem Absturz enden kann.

Manchmal muss man daran erinnert werden.
Und was passiert dann?
Wer bist du,
Wenn nicht der, für den dich alle halten?
Wer warst du,
Bevor du dich im Spiegel ansehen konntest?
Und wer waren deine Opfer?
Ist dir überhaupt bewusst, dass es welche gab?
So viele Fragen.
Aber ich habe Zeit, lieber Maik,
Sie dir alle zu beantworten.
So viel mehr Zeit, als dir lieb ist.

Teil eins

Maik

An manchen Tagen konnte Maik Hobel sein Glück nicht fassen. Er lebte in der Hauptstadt Berlin, führte ein kleines, aber erfolgreiches Modebusiness und liebte eine wundervolle Frau namens Anastasia. Hätte man ihm das vor fünf Jahren erzählt, hätte er wohl nur gelacht. Doch jetzt, mitten in seinen Dreißigern, meinte es das Leben gut mit ihm.

Sein Mittwoch startete, so wie jeder Tag, damit, dass er aufstand, die Kaffeemaschine anstellte und unter die Dusche sprang. Er stellte seiner Frau die Tasse mit unerträglich viel Milchschaum und einem Hauch Kaffee ans Bett, zog sich an und fuhr mit der U-Bahn. Wie jeden Tag holte er sich beim Ausstieg am Kiosk noch die Tageszeitung. Schenkte der netten Verkäuferin ein Lächeln. Ein Unschuldiges, schließlich war er verheiratet. So spießig. Bei dem Gedanken musste er jedes Mal schmunzeln, denn das war nun sein Leben.

Maik war auf dem Weg zur Arbeit. Er entwarf Hemden, denn das lag ihm im Blut. Jeden Tag derselbe

Ablauf – und es machte ihm einen riesengroßen Spaß. So spießig. Aber er war glücklich.

Die Luft war herrlich frisch und der Duft nach Frühling lag darin. Maik bog in die Straße ein, wo sich sein Atelier befand. Er passierte die Kirschblütenbäume, dann schloss er die Tür auf und ging ins Treppenhaus. Beinahe rutschte er auf den Blütenblättern aus, die im Eingang lagen. Was für eine Sauerei. Die rosarote Spur zog sich die gesamten Stufen hoch, und Maik hielt inne, als er merkte, dass sie vor seiner Schwelle endete. War heute ein Jahrestag, den er vergessen hatte? Sein Blick glitt vom Boden zur Tür. Dort klebte ein Umschlag. Er hatte dieselbe Farbe wie die Kirschblüten, und es stand sein Name drauf. Auf dem Punkt über dem i war ein Herzchen, doch Maik kannte niemanden, der es so schrieb. All die Kirschblüten, ein rosa Briefumschlag. Hatte er eine heimliche Verehrerin?

Schnell riss er ihn ab und schloss, nach einem kurzen Blick durch das leere Treppenhaus, die Tür auf. Er eilte ins Atelier, schmiss die eben gekaufte Zeitung und seine Jacke achtlos auf einen Stuhl und öffnete neugierig den Umschlag.

Maik griff zügig hinein und spürte etwas Feuchtes an seiner Hand. Der Umschlag war voll mit Blütenblättern. Was zur Hölle? Da bemerkte er, dass gar kein Brief drin war, sondern ein Foto. Er zog es heraus. Vorsichtig. Was er darauf sah, ließ ihn den Atem anhalten.

Die Fotografie zeigte ihn: Fünf Jahre zuvor, die Haare raspelkurz, Boots an den Füßen, zerrissene Hosen, Lederjacke, *Nazis raus*-Patch auf der Brust. Er scannte das Motiv. Es war draußen geschossen worden, hinter ihm ein großes Zelt. Ein Festival oder ein Konzert? Er saß auf einer zerschlissenen Ledercouch, und im Hintergrund waren bunte Gestalten mit Irokesen und Nieten auf den Jacken. Sofort wurde ihm übel, denn er dachte nicht gern an seine Zeit in Hannover zurück.

Auf seinem Schoß hatte eine zierliche Frau Platz genommen. Während er in die Kamera lachte, sah man sie nur von hinten. Die blonden Haare waren an einigen Stellen bunt gefärbt. In ihrer Hand hielt sie eine Bierflasche.

Die Marke war für ihn durch das rote Etikett sofort erkennbar.

Da fiel es ihm wie Schuppen von den Augen. Er wusste plötzlich, wer diese Frau auf dem Foto war, und er erinnerte sich wieder an den Abend, an die Feier. Aber noch mehr an den Morgen danach, schließlich könnte das, was da passiert war, sein neues Leben für immer zerstören.

Das Mädchen auf dem Foto hieß Sterni, benannt nach ihrem Lieblingsbier. Sie hatten seit Jahren keinen Kontakt mehr. Er hatte auch niemandem gesagt, wohin er nach Berlin ziehen würde. Keiner hatte gewusst, was er dort vorhatte. Nicht einmal er hatte es gewusst, als er abgereist war. Hauptsache weg. Hatte sie ihm das Foto an die Tür geklebt?

Oder hatte es ihm jemand anderes zugespielt? Ein alter Kumpel aus Punkerzeiten? Vielleicht Ratte, so ein fieser Scherz sah ihm ähnlich. Vielleicht war auch er nach Berlin gezogen. Doch diese Erklärung beruhigte Maik nicht wirklich. Denn auch wenn Ratte harmlos war, wusste seine Frau nichts über sein früheres Leben in Hannover.

Als er sie kennengelernt hatte, hatte sein Atelier gerade geboomt, und wenn sie über früher gesprochen hatten, dann hatte er nur wortkarg erzählt, dass sein Geschäft in Hannover nicht gut gelaufen war und er deshalb einen Neustart in Berlin wagen wollte. Kein Wort davon, womit er dort sein Geld verdient hatte, und sie hatte keine weiteren Fragen gestellt, was er dankbar hingenommen hatte. Welche erwachsene Person, angekommen im Leben, wollte sich denn mit jemandem seiner Herkunft abgeben?

Maik seufzte. »Vergangen ist vergangen!« Er wollte das Foto zurück in den Umschlag stecken, da fiel ihm auf, dass jemand etwas mit schwarzem Edding auf die Rückseite geschrieben hatte:

Denkst du manchmal an mich? Ich hab' dich nicht vergessen. Wie koennte ich auch?

Hastig stopfte Maik die Fotografie in den Briefumschlag und ließ sie zwischen seinen Entwürfen aus der letzten Saison verschwinden.

Den Rest des Tages arbeitete er noch härter als sonst, darum bemüht, weder an das Foto noch an Sterni zu denken.

Doch auch bei Feierabend dominierte der Vorfall seine Gedanken. Maik wollte die Tür hinter sich zuziehen und abschließen, da klebte ein neuer Umschlag auf dem dunklen Holz. Das war ein schlechter Scherz, oder?

Die Schrift erkannte er diesmal sofort am Herzen auf dem i. Er konnte sich nicht bewegen. Jeder Muskel seines Körpers war eingefroren. Sein Herz hörte auf, Blut durch seinen Körper zu pumpen, und unweigerlich hielt er den Atem an.

In seinem Kopf war nur eine Frage: Was denn jetzt noch? Das Foto von vorhin hatte ihm bereits gereicht. Das war schon so viel mehr, als jeder in seinem aktuellen Umfeld über ihn wusste. Es war das eine, wenn sie wüssten, dass er als Punk polizeibekannt gewesen war. Dass er arbeitslos gewesen und seine Wohnung ein Saustall gewesen war. Dass Passanten ihn entweder angewidert angesehen oder über seine charmanten Bettelsprüche geschmunzelt und ihm Kleingeld gegeben hatten. Doch wenn sie die andere Sache herausfinden würden …

»Reiß dich zusammen, Maik!«, ermahnte er sich.

»Ratespielchen bringen dich jetzt auch nicht weiter.«

Es half alles nichts. Er musste den zweiten Umschlag öffnen, denn er musste wissen, was drin war, um eine vernünftige Entscheidung darüber treffen zu können, wie es weitergehen sollte.

Seine Hände zitterten, und seine Finger hinterließen schweißnasse Abdrücke auf dem Papier. Vorsichtig, aber bestimmt riss er den Briefumschlag auf. So, wie man ein Pflaster abriss.

Diesmal fand er keine Blütenblätter, sondern nur ein weiteres Foto. Er griff danach, und obwohl sich seine Instinkte dagegen wehrten, es anzuschauen, fokussierte er das Bild. Er atmete scharf ein. Seine Befürchtungen wurden wahr. Die eine Sache, von der er immer gedacht hatte, dass es keine Beweise gab, war auf einem Foto festgehalten. Er konnte es sich nicht länger anschauen und drehte es um. Auch hier stand eine Nachricht, doch Maik musste sich anstrengen, sie zu lesen, denn die Schrift war winzig klein:

Ich hab' etwas verloren
Und bis heute nicht danach gesucht.
Ich hatte vorher nicht gewusst.
Dass es verschwinden wuerde.
Du hast es dir genommen
Und nicht danach gefragt.

Kryptisch, so wie Sterni war. Schon damals. Maik drehte das Foto erneut um und zwang sich, das Motiv anzuschauen. Es zeigte eine fünf Jahre jüngere Version von ihm mit einer dünnen jungen Frau, die bei nüchterner Betrachtung wohl bei weitem keine achtzehn Jahre alt war. Sie lag unter ihm, die Augen zusammengekniffen – und sie waren beide nackt. Das Bild war aus Sicht seiner damaligen Schlafzimmertür aufgenommen worden. Er starrte sie an. Sterni. Es war Sterni.

Seine Gedanken schweiften zu dem Morgen, an dem er den schlimmsten Fehler seines Lebens begangen hatte.

»Und was machen wir jetzt?«, kicherte sie an seinem Arm. Das kannte er bereits von anderen Frauen.

»Wir könnten reingehen«, schlug Maik mit einem verschmitzten Grinsen vor und blickte zu Sterni und ihrer Freundin.

Die Freundin sah echt genervt aus. Ihren Namen hatte er vergessen. Er war ihm auch egal. Sein Kopf war noch dumpf vom Alkohol der Nacht.

Sterni nickte und rüttelte an der Tür. »Dann los!«

Sie war so euphorisch, während ihre Freundin genervt die Augen verdrehte.

Drinnen angekommen machte Maik erst einmal Musik an. Die Freundin verzog sich auf das Sofa, doch Sterni begann zu tanzen. Sie war so unbeholfen, und er war sich nicht sicher, ob ihre wackeligen, völlig asynchron zur Musik verlaufenden Bewegungen am Restalkohol lagen oder an ihr. Hatte er Sterni in den letzten Monaten jemals nüchtern erlebt? Wohl kaum, aber er war nicht besser.

Maik nahm Sternis Hand und zog sie auf seinen Schoß. Nach Monaten der Freundschaft mit vielen lustigen Momenten merkte er, dass er mehr wollte. Er küsste sie.

»Ich bin noch nicht nüchtern«, lallte sie in sein Ohr. »Maik Hobel, du wirst nicht mit mir schlafen.« Es klang in seinen Ohren verschwörerisch, als hätte sie einen Plan. Nüchtern war sie wirklich nicht. Aber das kümmerte ihn nicht. So wie sie sich auf seinem Schoß räkelte, war es ihm völlig gleich, ob sie noch betrunken oder nüchtern war. Es war ihm auch egal, was sie sagte. Sie meinte sicher das Gegenteil, so wie alle Frauen. Maik wollte sie. Jetzt.

Er warf sie sich über die Schulter und ging schnurstracks in sein Schlafzimmer. Sie kreischte auf. Ob vor Vorfreude? Ihre Freundin auf dem Sofa regte sich kein bisschen. Als würde das jedes Wochenende passieren oder als würde sie das alles nichts angehen.

Sterni war so leicht wie eine Feder. Maik warf sie aufs Bett und legte sich auf sie, dann küsste er sie erneut. Sie erwiderte den Kuss. Aber ihm war das nicht mehr genug und er zog ihren Rock hoch.

»Maik, lass das«, lallte sie.

Doch er hörte ihr nicht zu. All seine Gedanken drehten sich nur noch darum, gleich in sie einzudringen, es ihr zu besorgen, ihr zu zeigen, dass er mehr als nur ein Kumpel war.

Sie versuchte, sich zur Seite zu rollen, sich irgendwie zu befreien, aber ihr Körper hörte nicht auf sie, zu betrunken war sie.

Er hielt mit Leichtigkeit ihre Handgelenke fest und grinste sie an: »Ach, Sterni, zier dich nicht so, wir beide wissen doch, dass du das willst.«

»Maik, hör auf!« Ihre Stimme war schon leiser und brüchig geworden. Doch ihr Körper sendete ihm ein anderes Signal. Sie wehrte sich nicht mehr während er ihr die Kleidung auszog.

Ab da verschwammen seine Erinnerungen. Vielleicht hatte er sie aber auch nur verdrängt oder sich schöngeredet.

Es gibt eben solche Frauen, die gern einfach nur daliegen und nichts tun, sagte sich Maik, während er sich rhythmisch in Sterni stieß. Wieder und immer wieder. Es machte ihn so scharf, dass er sie endlich spürte. Die stummen Tränen auf ihrem Gesicht ignorierte er.

Als er fertig war, rollte er sich zur Seite, um zu verschnaufen. Da stand sie ziemlich plötzlich und schnell auf, doch er war müde, deshalb war es ihm egal.

Während er wegdämmerte, hörte er entfernt seine Haustür ins Schloss fallen. Als er irgendwann aufwachte, waren Sterni und ihre Freundin weg.

Maik starrte noch immer auf das Foto. Als das Bild aufgenommen worden war, hatte er nicht zu hundert Prozent gewusst, wie alt Sterni gewesen war, doch rückblickend konnte wohl jeder erkennen, dass sie minderjährig gewesen war. Zugegeben, er hatte nie gefragt, denn für ihre Freundschaft hatte es keine Rolle gespielt. Er hatte sie auch niemals gefragt, ob sie wirklich Sex mit ihm wollte - er hatte es einfach angenommen. Aber jetzt, wo er das Bild sah, aufgenommen von einer außenstehenden Person, war er sich nicht mehr so sicher. Die Freundin war ihm schon damals unsympathisch gewesen, doch jetzt, wo er wusste, dass sie heimlich Fotos gemacht hatte - Maik vermutete, dass das nicht das einzige war - begann er, sie abgrundtief zu hassen.

Sterni dagegen konnte er nicht hassen. Sie hatte immer so frei auf ihn gewirkt, so entspannt. Lustig, aber nachdenklich. Sie waren oft zusammen feiern gewesen - vor diesem Morgen.

Eine plötzliche Eingebung ließ ihn den Kopf heben. Wann hatte Sterni den zweiten Umschlag angebracht? War sie noch hier? Ohne darüber nachzudenken, rief er ihren Namen, doch es kam keine Reaktion. Sie zu suchen hätte ebenfalls keinen Sinn, vermutlich war sie schon wieder fort.

»Denk nach Maik!«, versuchte er, einen Plan zu schmieden. Schließlich beschloss er, heute Abend erstmals Anastasia von seiner Vergangenheit als Punk zu erzählen. Er könnte betonen, wie bekloppt die alle damals gewesen waren. Sollte Sterni jemals in die Nähe seiner Frau kommen, würde diese ihr kein Wort über eine Vergewaltigung glauben.

Maiks Schritte hallten von den Wänden im Treppenhaus wider, so entschlossen rannte er über die Stufen. Er schlug die Haustür auf, und der Wind wehte ihm den Geruch der Müllabfuhr in die Nase, die gerade vorbeifuhr. Für einen Moment dachte er darüber nach, die Umschläge einfach in die nächste Tonne zu werfen. Aus den Augen, aus dem Sinn. Er öffnete eine rechts von ihm, doch er brachte es nicht über sich.

Kopflos rannte Maik über die Straße zur U-Bahnstation. Er nahm direkt die nächste Bahn, die kam. Zum Glück fuhren sie alle zu ihm nach Hause.

Am Alexanderplatz stieg eine Gruppe Punks ein.

»Mach mal Platz, Spießer!«, sagte einer zu ihm und quetschte sich auf den Sitz neben ihn.

Spießer. Maik drehte sich zur Seite, damit der junge Mann mit den bunten Haaren und den Piercings im Gesicht seine Wut nicht sah. Wenn er auch nur annähernd so war wie er und seine Freunde damals, würde er ihn gleich noch weiter provozieren.

Maiks Gesicht spiegelte sich in der Glasscheibe, hinter der nichts als Dunkelheit war. Es war faltiger, als es in seinem Alter hätte sein müssen. Die Furchen auf seiner Stirn tief, die Augenringe dunkel. Er sah verzweifelt aus. Wo war seine Lebensfreude hin? Die Leichtigkeit? Seine Depressionen standen ihm buchstäblich ins Gesicht geschrieben. Aber das war nicht er. Seit Jahren nicht mehr. Wie konnten Fotos aus der Vergangenheit ihn so zittern, so zweifeln lassen? Vielleicht erkannte man ihn nicht mal auf ihnen. Maik könnte zu allen sagen, dass der Typ ihm einfach nur verdammt ähnlich sah.

Er würde es seiner Frau sagen. Die Wahrheit. Nicht die ganze, aber gerade so viel, wie sie ertragen konnte. Ja, so würde er es machen.

Hätte Sterni ihn anzeigen wollen, dann wären doch die Bullen vor seiner Tür gewesen und keine Umschläge. Sie wollte ihn einschüchtern. Pah! Als ob er sich von einem Kind einschüchtern lassen würde. Ein Kind. Das war sie inzwischen sicherlich nicht mehr.

Mitten in der U-Bahn bemerkte er, dass er einen Ständer bekam. Großartig. Zu allem Überfluss musste er an der nächsten Station aussteigen. Er machte sich düstere

Gedanken, damit sein Schwanz wieder weich wurde, und stand auf.

Die Punks, an denen er sich vorbeiquetschte, stanken nach Bier und Zigarettenrauch, nur ein junges Mädchen unter ihnen roch nach Patchouli. In seinem Kopf blitzte eine Erinnerung auf. Dieser Geruch. Maik stolperte.

»Alles okay?«, fragte sie ihn, als sie versuchte, ihn aufzufangen.

Er nuschelte ein »Ja«.

In diesem Moment öffneten sich die Türen, und Maik rannte nach draußen, durch den Bahnhof, die Rolltreppen hoch. Draußen angekommen atmete er ein, so tief, wie er nur konnte. Da drängte sich plötzlich eine zarte Gestalt direkt in sein Blickfeld. »Hallo, Maik«, erklang ihre glockenhelle Stimme.

Sterni!

TEIL ZWEI
Sterni

STERNI STAND VOR dem Ausgang der U-Bahn. Seit mehreren Tagen war sie in Berlin. Nachdem Freunde ihr einen Artikel mit den Worten »Oh, schau mal, Maik ist jetzt ein tapferes Schneiderlein!« gezeigt hatten, war sie sofort losgefahren. Endlich ein Anhaltspunkt, wo sie Maik finden konnte.

Die letzten Tage hatte sie ihn beobachtet, war ihm nachgelaufen und hatte genau studiert, wann er sich wo aufhielt. Am Morgen, kurz bevor er auf der Arbeit angekommen war, hatte sie den ersten Umschlag festgeklebt. Das Foto darin war ein Beweis ihrer einstigen Freundschaft. Ein Beweis von dem Spaß, den sie gehabt hatten, bevor …

Sie hatte alles mit Kirschblüten ausgelegt. Ein bisschen melodramatisch vielleicht, doch perfekt für den Anlass. Zu gern hätte sie sein Gesicht gesehen. Während Maik gearbeitet hatte, hatte sie den zweiten Umschlag befestigt. Das Foto darin war ein Beweis ihrer Vergewaltigung. Sie war kurz versucht gewesen, einfach zu klopfen, aber das hätte die Überraschung verdorben. Danach war sie mit der U-Bahn hierhergefahren. In den letzten Stunden hatte sie in der Sonne gesessen und über ihr verkorkstes Leben nachgedacht.

Die Blätter der Bäume am Straßenrand tanzten sanft im Wind hin und her. Der Himmel war blau, fast wolkenlos. Hier war kaum Verkehr. Eine idyllische, spießige Gegend hatte sich Maik zum Wohnen ausgesucht. Ruhe legte sich wie Watte in ihren Kopf und besänftigte ihre Gedanken. Stundenlang saß sie so da.

Das Vibrieren ihres Handyweckers riss sie aus ihren Tagträumen und erinnerte sie daran, dass in zehn Minuten Maik ankommen würde. Ihr Blick richtete sich auf den Ausgang der U-Bahnstation.

Da war er. Er hastete die Rolltreppen nach oben, blieb dann stehen und verschnaufte, während er die Hände auf die Oberschenkel legte. Sterni stand auf und ging in seine Richtung. Er blickte nach oben und erstarrte in der Bewegung, als er sie sah.

»Hallo, Maik«, säuselte sie.

Sein Blick war Goldwert. Er hatte sicherlich die Umschläge geöffnet, doch er hatte keine Ahnung, weshalb sie hier war.

»Gehen wir doch ein paar Schritte«, schlug sie ihm vor. Er nickte abwesend. Alles lief nach Plan. Hier in der Idylle würde er keine Szene machen.

Sie bogen in einen nahegelegenen Park ab. Das

Schweigen zwischen ihnen war tonnenschwer. Sternis Brust wollte platzen, so stark pochte ihr Herz.

Maik steuerte eine freie Bank an und setzte sich hin. Sie setzte sich neben ihn. Ihr dünnes Bein direkt an seiner Jogginghose.

Eine Träne lief über Sternis Wange. »Du hast mich gefickt und bist einfach weggezogen. Nachdem wir über Monate unsere Freundschaft aufgebaut haben, hast du mich, ohne zu fragen, gefickt und bist dann einfach abgehauen.« Sie zog die Nase hoch. Für einen kurzen Moment dachte sie, er würde sie trösten wollen. Vielleicht bildete sie sich das aber auch nur ein, schließlich war Maik niemand, der tröstete. Er zerstörte nur.

»Wieso jetzt?«, fragte er sie. »So viele Jahre Funkstille. Wieso kommst du jetzt damit bei mir an?«

Wie gefühlskalt er klang. Ihre Stimme dagegen war voller Gefühle, voller Anklage und Wut: »Weil nach dir ein Arschloch nach dem anderen in mein Leben getreten ist. Dank dir habe ich immer gedacht, dass ich es wohl genauso verdient habe. Ich habe sie magisch angezogen, sie mir gesucht. Keinen guten Kerl habe ich in meine Nähe gelassen. Wegen dir. Das ist mir kürzlich bewusst geworden. Ich war schon kaputt, als wir uns getroffen haben, keine Frage. Aber du hast absolut gar nichts dazu beigetragen, dass ich wieder heil wurde. Anstatt mich wieder zusammen zu puzzeln, hast du einzelne Teile genommen und weggeschmissen. Sie versteckt. Ich habe gesucht und gesucht. Maik?« Sterni schluckte. »Ich finde die Teile nicht wieder, ich kann das Puzzle nicht lösen. Wer ich bin, weiß ich nicht. Ich frage mich, wer ich wäre, wenn wir uns niemals begegnet wären. Wäre mein Leben dann besser verlaufen?«

Sie wünschte, er würde sie unterbrechen. Doch das tat er nicht.

»Und wie zur Hölle konnte dein Leben gut werden? Wieso hast du das Glück gefunden? Wie konntest du dich um hundertachtzig Grad drehen? Sag mir: Wie konntest du mich vergessen?« Ihre Stimme wurde von Wort zu Wort leiser, während er nur dasaß wie ein Idiot. Wie wütend sie auf ihn war.

Er sah ihr in die Augen, öffnete den Mund, doch es kamen keine Worte heraus.

»War klar«, erwiderte Sterni. »Jetzt starrst du mich an. Denkst du, ich bin selber schuld? Hätte ich mich noch mehr wehren sollen? Verdammt, wir waren Freunde. Wir haben zusammen gefeiert, gelacht, uns über die Schwärme des anderen lustig gemacht, Pizza gegessen, Wein getrunken. Manchmal gekuschelt. Ich bin unsere Freundschaft durchgegangen. Tag für Tag. Es gab keine Anzeichen dafür, dass du so etwas tun würdest. Ich habe dir nie einen Anlass gegeben. Doch an diesem Morgen war ich betrunken. Ich war nicht ich selbst und ich hatte mich mit meiner Freundin gestritten. Sie war eifersüchtig auf unsere Freundschaft, weil sie dachte, ich hätte nun keinen Platz mehr für sie in meinem Leben. Ich habe mit dir geknutscht, um sie zu provozieren. Konnte ich ahnen, was du danach tun würdest?« Sterni kratzte sich am Handgelenk. Es war schon ganz rot, und neben den Kratzern zierten hunderte von weiteren, einige verheilt, andere frisch, ihre elfenblasse Haut.

Maik schaute sie irritiert an. »Deine Freundin war eifersüchtig auf mich? Und dann macht sie ein Foto, wie ich dich ...?«

Sterni nickte. »Nicht nur ein Foto, Maik. Viele Fotos. Sie dachte, ich wollte mit dir Sex haben, weil sie erst ins Zimmer kam, als ich schon aufgegeben hatte, mich zu wehren. Die Tür war zu gewesen. Sie dachte, mit dir zu schlafen, wäre Teil meines Plans, nur um sie zu verletzen. Toxische Freundschaft, schonmal davon gehört?«

Maik hatte natürlich schon davon gehört. Aber das hier war doch einfach nur verrückt. Wer fotografierte seine Freundin heimlich beim Sex?

»Trotzdem verstehe ich nicht, Sterni, wieso du damit erst jetzt auf mich zukommst?« Er sah sie fragend an. Wie er ihren Namen aussprach, tat ihr weh.

»Weil ich erst vor einer Woche einen Umschlag mit den Fotos und einem Brief im Briefkasten hatte. Darin schrieb sie, dass mir diese Fotos zustehen würden. Sie hätte sie gemacht, um mich damit erpressen zu können, dass du mit einer Minderjährigen geschlafen hast. Damit ich die Freundschaft zu dir beende, weil sie dich sonst anzeigen würde. Doch dann bist du weggezogen, und sie sah in dir keine Gefahr mehr für unsere Freundschaft. Erst jetzt, Jahre später, hat sie mir unter Tränen von den Fotos erzählt, nachdem ich ihr anvertraut habe, dass du mich damals vergewaltigt hast. Dann hat mir das Schicksal deinen Wohnort und deine kleine, erbärmliche Modefirma zugespielt.«

Maik setzte an zu sprechen und bewegte seinen Arm auf sie zu. Er wagte es nicht ernsthaft, sie zu berühren?

Sie zuckte zurück. »Nein! Ich war minderjährig, verdammte Scheiße. Du hast das ausgenutzt, nein, du hast MICH ausgenutzt. Das war mein erstes Mal. Mein erstes. Sollte das nicht romantisch und mit jemand ganz Besonderem sein? Sollte ich nicht voller Glück daran zurückdenken können? Wenn ich nicht glücklich bin, sollst du es auch nicht sein. Du hast die Umschläge gefunden und du wirst reagieren müssen. Sag es deiner Frau oder ich werde es tun!« Sie hielt kurz inne, griff in ihre Jackentasche, in der sich ein Flachmann befand, und exte den Inhalt. »Zarte, hübsche Anastasia. Es wird ihr das Herz brechen, dass ihr Mann ein Vergewaltiger ist. Ich möchte dir dein bequemes Leben kaputtmachen, so wie du meins kaputtgemacht hast.«

Maik starrte nur. Himmel, war da denn kein Grips in diesem Kopf? Hatte er nicht verstanden, was sie ihm gesagt hatte?

»Wieso gehst du nicht zur Polizei?« Seine Frage überraschte sie.

»Ach, Maik, du solltest am besten wissen, dass ich Bullen nicht traue. Kein Stück. Das Wissen, dein bequemes Leben zu zerstören, reicht mir.« Sie stand auf und packte mit ihrer Hand auf sein Knie. »Weißt du, Maik, das Tragische ist: Hättest du auf mein Okay gewartet, hätte das mit uns klappen können. Du hättest dich vielleicht noch eine Weile gedulden müssen, aber ich hätte dich rangelassen. Dein Pech.« Sterni lachte auf, dann drehte sie sich auf der Stelle um und ging Richtung Parkausgang.

Sie spürte, dass Maik ihr folgte. Natürlich. Er wollte nicht, dass sie seiner Frau etwas sagte. »Bleib stehen!« Es dämmerte bereits. »Verdammt, bleib stehen!«

Doch sie lief weiter. Immer weiter Richtung rettende Straße. Er packte sie am Arm, und als er sie zu sich umdrehte, erkannte sie in seinem Blick den alten Maik. Der, der ab dem jetzigen Zeitpunkt nicht mehr nachdenken würde.

Sie versuchte, sich aus seinem Griff zu lösen, doch schaffte es nicht. »Lass mich!«

Es war niemand in der Nähe, und trotzdem schrie sie so laut, sie konnte, um Hilfe. Dieses Mal würde sie nicht schweigen.

Er hielt ihr den Mund zu, sie biss in seine Hand und der metallische Geschmack seines Blutes legte sich wie Gift auf ihre Zunge.

Maik zuckte zusammen. »Du dreckiges Miststück!«

Sie versuchte, mit ihren Händen in sein Gesicht zu gelangen, um ihn zu kratzen. Er drückte sie fester an sich. Sie biss erneut zu, so fest wie möglich, weil ihr Leben davon abhing.

Seine Hand bedeckte ihr ganzes Gesicht. Sie war so groß wie von einem Riesen und ihr Gesicht zart wie das einer Elfe. Sie bekam keine Luft mehr und begann zu hyperventilieren, spürte nichts mehr. Die Taubheit legte sich wie ein schützender Panzer um ihr kaputtes Herz. Und dann wurde alles um sie schwarz.

In deinen Armen zu sterben,
Das ist mein größter Wunsch.
Sich endlich frei zu fühlen,
Mit all den Gedanken, all den Sorgen.
Die Dämmerung setzt ein,
Die Sonne verschwindet in der Dunkelheit.
Und ich bin für immer frei.

TEIL DREI
Anastasia

ANASTASIA HÖRTE, WIE die Tür aufgeschlossen wurde. Endlich. Seit zwei Stunden wartete sie auf ihren Mann. Er kam selten zu spät, und wenn, dann meldete er sich wenigstens. Das hatte er heute nicht getan. Trotzdem dachte sie sich nichts dabei, denn sie wusste, dass sein Geschäft an manchen Tagen stressiger war als an anderen.

Maik rannte am Wohnzimmer, in dem sie saß, vorbei und schloss die Badezimmertür hinter sich ab. Anastasia ging langsam durch den Flur auf die helle Tür zu. Neben der Klinke klebte … Blut?

»Schatz, alles okay bei dir?«, fragte sie durch die Holztür. Sie hörte den Wasserhahn rauschen. Quälend lange Minuten wartete sie auf eine Antwort. Sie wusste, dass er ihre Ungeduld nicht leiden konnte.

Die Tür öffnete sich, und Maik stand vor ihr. Sein Haar klebte schweißnass in seinem Gesicht, und seine Pupillen waren geweitet. Die Wangen gerötet.

»Schatz? Was ist passiert?« Anastasias Stimme überschlug sich fast. Drauf geschissen, dass er ihre Ungeduld nicht mochte! Das war ja wohl offensichtlich der falsche Moment dafür, geduldig zu sein. Ihr Blick blieb an seiner Hand hängen. Er hatte sie mit einem leuchtend weißen Verband umwickelt.

»Ich habe mich geprügelt«, platzte es aus ihm heraus.

Sie starrte ihn ungläubig an.

Maik ging einen Schritt auf sie zu, und sie ließ ihn. Er schlang die Arme um sie. Drückte sie. Fest. So fest, dass sie das Gefühl hatte, all die Liebe zwischen ihnen könnte explodieren. Sie spürte, wie sehr er diese Umarmung brauchte, und auch wenn sie den Grund nicht kannte, schenkte sie ihm all ihre Aufmerksamkeit, ihre Stärke und Liebe. Eine gefühlte Ewigkeit standen sie so da. Anastasia spürte Maiks Herz schnell schlagen. Es pochte so wild gegen seinen Brustkorb, dass es sich anfühlte, als wäre es ihr eigenes – und irgendwie war es das auch. Irgendwann löste er sich aus der Umarmung und zog sie ins Wohnzimmer.

Sie versanken in der Couch, und wie sie da so angekuschelt nebeneinandersaßen, begann er: »Ich habe dir doch bestimmt mal von meinem Freund Ratte erzählt, oder?«

Sie schüttelte den Kopf.

Er berichtete von seinem Leben in Hannover. Den anderen Punks, den Streitereien mit der Polizei, dem Alkoholmissbrauch und davon, wie er eines Tages beschlossen hatte, dass es so nicht weitergehen konnte.

»Ratte ist mir nach der Arbeit aufgelauert. Er wollte mich mit Fotos von früher erpressen. Ich sagte ihm, dass ich dir alles erzählen werde. Ja, ich war echt ein Assi, aber Schatz, ich habe nie Straftaten begangen. Deswegen erzähle ich dir das jetzt. Seine Freundin Sterni wollte ihn abhalten. Er hat sie angeschrien, ich habe versucht, sie vor ihm zu beschützen, und so haben wir uns geprügelt. Am Ende ist er ihr aber doch hinterher. Doch das regelt sich sicher. Die haben sich früher immer gestritten.«

Sie nickte nur. »Du weißt, ich verurteile niemanden für seine Vergangenheit. Aber du hättest mir das schon früher erzählen müssen. Gibt es noch irgendwas, das ich wissen muss?« Erwartungsvoll schaute sie ihn an.

»Nein, nichts«, antwortete er.

Anastasia kuschelte sich in seine Arme. »Ich hoffe, Ratte und Sterni gehen dahin zurück, wo sie herkommen, und lassen dich in Ruhe. Schließlich hast du mir jetzt alles erzählt.«

Er drückte sie fest an sich.

Drei Wochen später.

An manchen Tagen konnte Anastasia Hobel ihr Glück nicht fassen. Sie lebte in der Hauptstadt Berlin, führte ein kleines, aber erfolgreiches Blumengeschäft und liebte einen wundervollen Mann namens Maik. Hätte man ihr das vor fünf Jahren erzählt, hätte sie wohl nur gelacht. Doch jetzt, Anfang ihrer Dreißiger, meinte es das Leben gut mit ihr. Sie saß im Bett und schlürfte ihren Kaffee mit der genau richtigen Menge an Milchschaum, den Maik ihr jeden Morgen machte.

Und da klingelte es plötzlich an der Tür.

Ich werde dich nicht *verraten*

Eine Entscheidung

Eine Entscheidung,
Mag sie für die eine auch riesig erscheinen,
Kann wie der Flügelschlag eines Schmetterlings
Eine noch größere Wirkung haben.
Und sie fliegt nach oben,
Während das Leben hinter ihr einstürzt.

Plötzlich hast du Verantwortung,
Die du auf deinen Schultern
Nicht tragen kannst.

Manchmal muss man daran erinnert werden.
Und was passiert dann?
Wer bist du,
Wenn nicht die, für die dich alle halten?
Wer warst du,
Bevor du dich im Spiegel ansehen konntest?
Welche Geheimnisse hast du?
So viele Fragen.
Aber ich habe Zeit, liebe Anastasia,
Sie dir alle zu beantworten.
So viel mehr Zeit, als dir lieb ist.

Teil vier
Anastasia

Drei Wochen später

AN MANCHEN TAGEN konnte Anastasia Hobel ihr Glück nicht fassen. Sie lebte in der Hauptstadt Berlin, führte ein kleines, aber erfolgreiches Blumengeschäft und liebte einen wundervollen Mann namens Maik. Hätte man ihr das vor fünf Jahren erzählt, hätte sie wohl nur gelacht. Doch jetzt, Anfang ihrer Dreißiger, meinte es das Leben gut mit ihr. Sie saß im Bett und schlürfte ihren Kaffee mit der genau richtigen Menge an Milchschaum, den Maik ihr jeden Morgen machte. Und da klingelte es plötzlich an der Tür.

»Hallo, Frau Wagner«, begrüßte Anastasia die ältere Frau aus der Wohnung über ihnen, verwundert darüber, dass sie so früh am Morgen bei ihr klingelte.

Diese drückte ihr ein kleines Päckchen in die Hand, dann legte sie ihren Zeigefinger auf die faltigen Lippen und flüsterte: »Ein geheimes Geschenk für Ihren Mann.«

Danach drehte sie sich auf dem Absatz um und verschwand nach oben.

»Wer war das?«, rief Maik aus dem Badezimmer, wo er sich gerade die Zähne putzte. Er musste gleich los zur Arbeit.

Anastasia kam das alles komisch vor, weshalb sie das Päckchen schnell in ihrer Tasche verschwinden ließ, die neben der Tür hing.

»Das war Frau Wagner«, antwortete sie auf ihrem Rückweg ins Schlafzimmer. »Die wird auch immer verwirrter. Sie brauchte Zucker.« Die Lüge kam mit einer solchen Leichtigkeit über ihre Lippen, als hätte sie nie etwas anderes getan.

Maik lachte herzlich, was selbst nach all der Zeit Schmetterlinge in ihrem Bauch flattern ließ. »Na, da hat Frau Wagner aber Pech, dass sie ausgerechnet jetzt damit ankommt, wo du sämtlichen Zucker aus unserem Haushalt verbannt hast.« Er verließ das Badezimmer und gesellte sich zu ihr.

Anastasia streckte ihm die Zunge raus und verdrehte gespielt die Augen. Sie setzte sich aufs Bett, um sich ihrer Kaffeetasse zu widmen, die auf dem Nachtschrank auf sie wartete, doch Maik beugte sich über sie – und der Kaffee war vergessen. Liebevoll küsste er sie, und sie gab sich dem Geschmack seiner nach Zahnpasta schmeckenden Lippen hin. Noch nie hatte sie einen Mann gehabt, der so sanft war und auf ihre Gefühle achtete. Sie grub gierig ihre Hände in sein samtiges Haar und zog ihn enger an sich, wobei sie auf die weiche Matratze fiel und Maik auf sie drauf. In ihrem Schoß spürte sie bereits seine Erregung.

»Ein kleiner Quickie vor der Arbeit?«, forderte er mehr, als das er fragte.

Anstatt zu antworten, öffnete Anastasia seinen Gürtel und zog ihm seine Hose samt Boxershorts aus. Maik küsste zärtlich ihren Hals, dann schälte er sie aus ihrem Oberteil und wanderte mit seinem Mund immer tiefer ihren nackten Oberkörper hinab. Seine Aufmerksamkeit tat ihr so gut, doch nicht nur das. Die Tatsache, dass er all ihre Wünsche erkannte und ihre Grenzen respektierte, wirkte wie Balsam auf den Wunden, die ihre damaligen Beziehungen hinterlassen hatten. Besonders ihre letzte hatte hässliche Narben auf ihrer Seele hinterlassen und war sehr unschön geendet. Zwei Jahre hatte sie an ihr zu knabbern gehabt. Als sie wieder bereit für einen neuen Versuch gewesen war, war Maik in ihr Blumengeschäft gestolpert. Er hatte Blumen für seine Mutter gekauft und ihr seine Nummer hinterlassen. Der Rest war Geschichte und sie die glücklichste Frau der Welt, die ihrem Mann nun sein T-Shirt auszog und es schwungvoll auf den Boden schmiss. Sie kicherte, doch er sah ihr tief in die Augen und zog ihr langsam ihre Schlafanzughose runter.

»Hätte ich es nicht so eilig, würde ich dich mit Haut

und Haaren verspeisen.« Seine Stimme klang so ernst, und Anastasia erschauderte. Er legte sich wieder auf sie und küsste ihre Brüste.

»Los, fick mich!«, forderte Anastasia. Heute war einer ihrer unfruchtbaren Tage im Zyklus. Da sie mit dem Messen der Temperatur verhütete, hatte sie einen genauen Überblick. Ein Baby wollte sie aktuell nicht haben. Maik wusste, dass diese Aufforderung bedeutete, dass sie einen sogenannten grünen Tag hatte, quittierte ihre Aufforderung mit einem breiten Grinsen und drang dann langsam in sie ein.

Anastasia seufzte in Maiks Schulter und krallte ihre Fingernägel in seinen Rücken, als er sie voll ausfüllte. Ein fragender Blick von ihm reichte, ein Nicken ihrerseits und er rollte sich zur Seite, sodass sie auf ihm saß. Seine Hände umklammerten ihre Hüften, während sie sich und ihn zum Höhepunkt trieb.

»Wow«, hauchte Anastasia, nachdem Maik in ihr gekommen war und beide nun versuchten, ihren unregelmäßigen Atem unter Kontrolle zu bekommen.

»Ich liebe dich«, entgegnete Maik mit einem Grinsen auf den Lippen. Dann stand er auf, küsste sie sanft auf die Stirn und schlüpfte in seine Kleidung.

Ein Blick auf die Uhr verriet Anastasia, dass auch sie bald zur Arbeit musste. Schnell sprang sie aus dem Bett und zog sich ebenfalls an.

Maik küsste sie zum Abschied innig, dann verließ er die Wohnung. Als die Haustür ins Schloss fiel, erinnerte sich Anastasia wieder an Frau Wagner und das seltsame Päckchen. Sofort hechtete sie in den Flur und riss es aus ihrer Tasche. Sie hatte ein schlechtes Gewissen, weil sie Maik angelogen hatte, aber sie war so überrumpelt gewesen.

Mit dem Päckchen unter dem Arm schnappte sie sich in der Küche ein scharfes Messer und trug beides ins Wohnzimmer. Dort setzte sie sich auf das Sofa und löste mit dem Küchenmesser vorsichtig das Paketband. *Ein geheimes Geschenk*, wiederholte sie in Gedanken die Worte der alten Frau. Was könnte das nur sein? Anastasia hatte schließlich nichts bestellt – erst recht nicht für Maik. Er hasste Überraschungen. Aber wenn das Paket nicht von ihr kam, von wem dann? Es war nicht einmal mit einem Adressaufkleber versehen.

Anastasia öffnete den Deckel. Im Inneren des Päckchens lagen drei verpackte Geschenke zwischen ganz viel Konfetti. Sogar eine Karte war dabei, auf der in geschwungener Schrift *Anastasia* stand, mit einem Herzchen über dem i. Wie kindisch. Anastasia kannte niemanden, der so schrieb.

Sie drehte die Karte um:

Liebe Anastasia,

du kennst mich nicht, aber ich kenne deinen Mann sehr gut. Ich falle einfach mit der Tuer ins Haus: Er hat mich vor fuenf Jahren vergewaltigt. Wenn mein Plan aufging, habe ich ihn vor ein paar Wochen damit konfrontiert, nachdem ich dieses Paeckchen bei eurer Nachbarin deponiert hatte. Ich nehme an, Maik hat dir nichts davon erzaehlt.

Frag ihn nach Sterni. Ich war damals minderjaehrig, musst du wissen. Seit der Vergewaltigung ging es fuer mich immer weiter bergab.

Vermutlich lebe ich nicht mehr, wenn du das hier liest. Ich schaff es nicht mehr, dem Drang zu widerstehen. Maik hat mich gebrochen. Er war mein bester Freund. Wir haben alles zusammen geteilt, aber mein Nein wollte er nicht hoeren.

Dann zog er einfach weg. Fand dich. Wurde gluecklich. Und ich? Renne von einem Unglueck ins naechste. Ich muss das beenden. Aber vorher wollte ich dir die Beweise zeigen. Falls er es dir noch nicht gesagt hat. Denn du hast das Recht, zu wissen, mit wem du dein Bett teilst. Bitte *zeig ihn an, ich habe dazu keine Kraft mehr. Ich kann meine Geschichte nicht wieder und wieder durchleben. In meinen Traeumen verfolgt er mich. Der Tod wird meine Erloesung sein.*

Sterni

Die Worte verschwanden vor Anastasias Augen. Was hatte sie da eben gelesen? Sterni. Maik hatte neulich von ihr erzählt, hatte sie als Rattes Freundin bezeichnet. Ratte, mit dem er sich geprügelt hatte. War es da auch um Sterni gegangen? Log Sterni? Aber wer dachte sich denn so etwas aus?

Einerseits war sich Anastasia sicher, dass Maik keiner Fliege etwas zuleide tun könnte. Anderseits wusste sie auch erst seit ein paar Wochen über seine Vergangenheit als Punk Bescheid. Ausgeschlossen war es nicht, dass er noch mehr Geheimnisse hatte. Aber eine Vergewaltigung? Anastasia schüttelte sich und damit diese verwirrenden Gedanken ab, dann legte sie den Brief beiseite und richtete ihre Aufmerksamkeit auf die drei durchnummerierten Geschenke. Auf dem Papier waren Kirschblütenbäume abgedruckt, und eine weiße Schleife war kunstvoll um jedes einzelne gebunden.

Angespannt griff Anastasia nach dem Päckchen, das mit einer roten 1 beschriftet war. Es war so leicht, als sei nichts drin. Anastasia knibbelte den Klebestreifen vom

Papier und entfaltete es sorgsam. Ein schwarzer, schlichter Slip kam zum Vorschein. Dabei lag ein Zettel, auf dem stand:

Schreit dieser Slip ‚Fick mich'?

Anastasia presste sich die Hand vor den Mund. Das war doch nicht … Nein. Selbst wenn diese absurde Geschichte stimmte, Sterni hatte so etwas doch unmöglich fünf Jahre aufgehoben. Vom Stoff wehte der Geruch von Patchouli in ihre Nase. Sie wollte ihn nicht weiter inspizieren. Wer wusste schon, warum Sterni ihn mit einem Parfum eingesprüht hatte.

Mit zitternden Händen legte Anastasia den Slip mit dem Zettel beiseite und nahm das nächste Päckchen. Es fühlte sich schwerer und härter an, war aber nicht größer als sein Vorgänger. Darin verbarg sich eine kleine Flasche Kräuterschnaps, wieder mit einem Zettel.

Wer trinkt, muss auch bumsen?

Langsam fügten sich in Anastasias Kopf die Teile zusammen. Die Teile eines Puzzles, das sie nicht lösen wollte, wenn auf dem Ergebnis ihr Mann zu sehen war. Eilig riss sie beim letzten Paket das Papier ab und ließ es sofort wieder fallen, als sie realisierte, was der Inhalt war. Ein Stapel Fotos verteilte sich über den anderen

Dingen.

Anastasia verteilte sie mit ihren Handflächen, um kein einzelnes Bild fokussieren zu müssen, sondern sie in der Masse betrachten zu können. Fotos einer Party. Ein Festival – oder ein Konzert? Viele bunte Menschen. Iros, Nietenjacken, nackte, volltätowierte Haut, Piercings an allen möglichen Körperstellen. Mittendrin eine Gestalt, die aussah wie Maik. Ihr Maik. Weitere Fotos von einem Heimweg. Wieder Maik und ein junges Mädchen, das mit ihm tanzte. In einem Wohnzimmer? War das Sterni? Sie sah so unfassbar jung aus. *Minderjährig*, hatte sie geschrieben. Was hieß das? Siebzehn, sechzehn, fünfzehn …? Weitere Bilder in einem Schlafzimmer. Der Mann, der aussah wie ihr Ehemann, nur mit buntem Irokesen auf dem Kopf, war nackt. Das junge Mädchen ebenfalls, und sie lag unter ihm. Die Augen zusammengekniffen, die Wangen tränennass. Maiks Blick war lusterfüllt. Plötzlich wurde Anastasia schlecht. Sie kannte diesen Blick. So hatte er sie vor nicht einmal zehn Minuten angesehen.

Im letzten Moment drehte sie sich vom Beweismaterial weg und übergab sich auf den weißen Wohnzimmerteppich. Zitternd schlang sie die Arme um ihre Beine und wiegte sich vor und zurück, während Tränen unaufhaltsam über ihre Wangen rannen. Sie starrte ihre Kotze an, die sich in den Teppich fraß.

Anastasia weigerte sich mit jeder Faser ihres Körpers,

zu glauben, was sie gesehen und gelesen hatte. Dabei lagen die Beweise direkt vor ihr. Dazu die Prügelei mit Ratte vor ein paar Wochen. Vielleicht hatte dieser Sterni rächen wollen.

Das Brummen ihres Handyweckers riss sie aus ihren Gedanken. Scheiße. Sie hatte völlig die Zeit vergessen. Hastig legte sie alles zurück ins Päckchen und versteckte es anschließend in dem Schrank unter dem Fernseher. Danach huschte sie ins Badezimmer und drehte das heiße Wasser in der Dusche auf. Während sie ihre Klamotten auszog, überkam sie auf einmal Ekel. Ein altbekanntes Gefühl, das sie an die Morgen ihres vergangenen Lebens erinnerte, an denen sie sich vor Frust betrunken hatte, weil Sergej, ihr Ex, wieder einmal über Nacht bei einer anderen Frau gewesen war. Bei dem Gedanken daran schmeckte Anastasia Wut auf ihrer Zunge und fühlte sich gleichzeitig hilflos und klein. Als sie ihn das erste Mal mit seinem Betrug konfrontiert hatte, hatte er ihn nicht nur offen zugegeben, sondern sie auch so lange verprügelt, bis sie ihn flehend um Verzeihung gebeten hatte. Mittlerweile wusste Anastasia, dass sie nichts Falsches getan hatte, doch das war damals anders gewesen.

Das heiße Wasser spülte die Erinnerung für einen Moment den Abfluss herunter, doch das beklemmende Gefühl in ihrer Brust blieb auch nach dem Duschen noch.

Anastasia entschied, dass sie den Blumenladen heute geschlossen lassen würde. Da fielen ihr die Worte ihrer Nachbarin wieder ein. *Ein geheimes Geschenk für Ihren Mann.* Instinktiv rannte sie in den Flur, griff nach ihrem Haustürschlüssel und verließ die Wohnung. Sie sprintete die Stufen nach oben und klingelte bei Frau Wagner. Als diese ihr öffnete und sie entsetzt ansah, registrierte Anastasia erst, dass sie noch in ihr Handtuch gewickelt war.

»Ist alles in Ordnung?«, fragte Frau Wagner vorsichtig.

»Frau Wagner, ich muss wissen, wer Ihnen dieses Päckchen gegeben hat«, überging Anastasia ihre Frage.

Die Alte fasste sich grübelnd an ihr Kinn. »Ein junges Mädchen. Sah ganz bunt aus. Stank nach Patchouli. Aber sehr nett war sie. Würde man gar nicht denken, wenn man sie so sieht. Piercings im Gesicht. Und dürr. Der müsste man mal was zu essen geben, aber na ja, Sie wissen ja, wie das mit der Jugend so ist. Ich bin da ein ganz anderer Schlag.«

»Hat sie noch irgendetwas anderes gesagt?«

»Nichts. Nur, dass ich ein paar Wochen warten soll, bis ich Ihnen das Paket gebe. Na, um die Überraschung nicht zu verderben. Ich hoffe, ich habe alles richtig gemacht?«

Anastasia seufzte. Außer, dass es tatsächlich Sterni gewesen war, hatte sie nichts Neues erfahren.

»Ja«, erwiderte sie und lächelte Frau Wagner zu. »Sie haben alles richtig gemacht. Vielen Dank.«

Mit diesen Worten drehte sich Anastasia um und ging langsam in ihre Wohnung zurück. Während sie sich den Kopf darüber zerbrach, was sie jetzt tun sollte, schloss sie die Tür auf.

Anstatt sich etwas anzuziehen, holte Anastasia aus der Küche einen Reiniger, der laut Verpackung jeden Fleck entfernen konnte, um den Teppich zu reinigen. Unter keinen Umständen sollte Maik heute Abend die Reste ihres Erbrochenen sehen. Sie musste sich erst einmal darüber klarwerden, was sie nun tun würde.

Anastasias Hände brannten schon vom Schrubben, aber der Fleck ließ sich einfach nicht entfernen, und sie wurde immer verzweifelter. Ihre Gedanken schweiften zu dem Kräuterschnaps, der im Fernsehschrank auf sie wartete. Sie war bereits seit vier Jahren trocken, dennoch gab es in dieser Wohnung keinen Alkohol. Die Gefahr war zu hoch, dass sie rückfällig wurde.

Sie dachte wieder an die Fotos, auf denen Maik zu sehen war. Ihr Maik, der eine Minderjährige gegen ihren Willen vögelte.

Die Tränen liefen Anastasia in Bächen über ihre Wangen. Sie schüttelte den Kopf, um die Bilder in ihrem Kopf abzuschütteln – so heftig, dass ihr schwindlig wurde, und sie wünschte sich, dieses Paket niemals geöffnet zu haben.

Mit einem lauten Schrei schmiss Anastasia den Putzlappen weg und holte das Paket aus dem Fernsehschrank, dessen Inhalt sie auf dem Boden neben dem Kotzfleck auskippte. Wieder und wieder schaute sie sich die Fotos an und je länger sie sie ansah, desto weniger konnte sie leugnen, dass ihr Mann ein Mädchen vergewaltigt hatte.

Mit zitternden Fingern öffnete sie den Verschluss der kleinen grünen Flasche und kippte den Inhalt herunter.

TEIL FÜNF

Maik

ALS MAIK AUS der Tür trat, die zum Haus seines Ateliers führte, kam ihm ein warmer Frühlingswind entgegen. Die Kirschblütenbäume, die vor ein paar Wochen noch in einem kräftigen Rosa geleuchtet hatten, waren nun kahl, und letzte Überreste der Blüten wehten über die Straße und den Fußweg.

Seit der Begegnung mit Sterni hatte Maik einfach nur funktioniert. Er hatte die Nachrichten aufmerksamer als sonst verfolgt und sogar Polizeimeldungen gelesen, um herauszufinden, ob eine junge Frau tot im Park gefunden worden war – doch nichts dergleichen. Maik war sich sicher, dass Sterni tot gewesen war, als er sie in die Büsche gezogen hatte und schnell verschwunden war. Sie hatte sich nicht mehr geregt, nachdem er sie so lange gewürgt hatte, bis ihr Körper in seinen Händen erschlafft war. Doch genauer ihren Atem kontrolliert hatte er nicht. Dafür war keine Zeit gewesen, weil er in der Ferne Stimmen gehört hatte. Bereuen tat er es jedoch nicht. Er hatte schließlich sich und Anastasia schützen müssen - und das Leben, das sie sich aufgebaut hatten. Trotzdem fühlte er sich schlecht. Er bekam seit dem Vorfall kein Auge mehr zu. Er trank mehr Kaffee, als er vertragen konnte, und er lebte in ständiger Angst davor, was passieren würde, falls Anastasia all das herausfand.

Beim Einsteigen in die U-Bahn schaute sich Maik gründlich um. Überall sah er Sterni, doch er wusste, dass das nicht sein konnte. Er halluzinierte offenbar, hatte jetzt völlig den Verstand verloren. Sein neuster Plan war, mit Anastasia weit wegzuziehen, damit ihn seine Vergangenheit nie wieder einholen könnte.

Im Treppenhaus begegnete er Frau Wagner. Mit ihrem Rollator versuchte sie, durch die Haustür zu kommen.

»Ich halt Ihnen die Tür auf. Moment«, sagte er schnell und wollte ihr helfen.

»Ach, danke, junger Mann, aber das schaff ich allein. Muss ich ja sonst auch«, winkte sie ab.

Maik bewunderte ihre Stärke. Wenn er nur daran dachte, dass sein Körper einmal nicht mehr so mitmachen würde, wie jetzt, wurde er ganz nervös.

»Alles klar«, erwiderte er. Bevor er jedoch die Treppen zu seiner Wohnung bestieg, fügte er hinzu: »Ach so, tut mir leid, dass wir aktuell keinen Zucker zu Hause haben.«

Frau Wagner sah ihn kurz verwirrt an, erwiderte aber nichts.

Maik wollte sie fragen, ob sie vergessen hatte, dass sie heute früh bei ihnen gewesen war, doch da schaffte es Frau Wagner durch die Tür und verschwand nach draußen.

Maik ging die Stufen bis zu seiner Wohnung hoch. Ob Anastasia schon vom Blumenladen zurück war? Er hoffte, das sie ebenfalls pünktlich Feierabend gemacht hatte, denn seit dem Quickie am Morgen hatte er Lust auf mehr. Doch vor allem sehnte er sich nach eins: Normalität.

Als er die Wohnung betrat, stolperte Maik beinahe über Anastasias Schuhe, die sie achtlos im Flur hatte liegen lassen. Sehr untypisch für sie.

»Schatz?«, rief er nach ihr, doch sie antwortete nicht. Ein merkwürdiges Gefühl überkam Maik, und er lief erst in die Küche, dann ins Schlaf- und schließlich ins Wohnzimmer, wo er seine Frau fand.

Anastasia lag auf dem Sofa und starrte an die Decke. Ihr Blick war glasig, und Maiks Herz setzte für einen Schlag aus. Schnell überbrückte er die Distanz zwischen ihnen, dann beugte er sich über sie und roch an ihrem Atem.

»Scheiße, hast du getrunken?«, fragte er sie aufgebracht.

»Ja. Willst du mich jetzt ficken?«, lallte sie.

Maik starrte sie fassungslos an.

Anastasia richtete sich langsam auf, bis sie neben ihm

saß, und versuchte, ihn mit ihrem Blick zu fixieren, doch ihre Augen sprangen wie Pingpongbälle hin und her.

»Woher hast du den Alkohol?«, wollte Maik wissen.

»Hat mir deine süße Freundin Sterni geschenkt. Per Post.« Sie nickte in Richtung Couchtisch.

Maik folgte ihrem Blick und entdeckte ein Paket. Das Blut kochte in seinen Adern, und er bemühte sich, nicht die Kontrolle zu verlieren.

Was war hier los?

Ein weiterer Blick zu seiner Frau, die ihn orientierungslos, aber vorwurfsvoll ansah, verriet ihm, dass da noch mehr war. Sofort griff er nach dem Päckchen und warf einen Blick hinein.

Ganz oben lagen zwei leere Flaschen Kräuterschnaps, eine kleine und eine etwas größere, darunter ein Stapel Fotos. Er kannte diese Fotos – beziehungsweise einen Teil davon. Wie ein Roboter scannte er die einzelnen Motive und stellte mehr oder weniger erleichtert fest, dass keins davon wirklich belastend war für eine Vergewaltigung.

Unter den Fotos war ein Stück Stoff. Maik zog es heraus und hatte plötzlich einen Slip in der Hand. Der Duft nach Patschuli brannte so intensiv in seiner Nase, dass seine Augen zu tränen begannen.

»Die ist bekloppt«, murmelte er.

Er spürte, wie sich Anastasia von hinten an ihn lehnte. Ihre Alkoholfahne wehte zu ihm, und die Kombination aus Patchouli und Kräuterschnaps weckte Erinnerungen an ein Festival, an unschuldige Scherze zwischen Freunden und an den Moment, an dem er nicht mehr an Sterni gedacht hatte, sondern nur noch an sich.

»Maik, was hast du nur getan?«, fragte Anastasia, die Hand auf seiner Schulter liegend. Ihre Stimme war so schwach.

»War der Alkohol im Paket?«, überging er ihre Frage.

»Nur die kleine Flasche. Hab mir Nachschub besorgt.«

Maik suchte nach Worten, um seiner Frau deutlich zu machen, was für einen riesigen Fehler sie begangen hatte, doch dann befand er, dass es keine gute Idee war, sie in diesem Zustand zu belehren.

»Okay«, sagte er stattdessen sanft. »Sprechen wir morgen darüber, wenn du nüchtern bist. Wir finden eine Lösung. Ein Rückfall bedeutet nicht gleich das Schlimmste. Ich bin ziemlich sicher, dass nicht Sterni, sondern Ratte das Paket geschickt hat. Das ist genau sein Humor. Er will mich damit treffen, weil ich mich neulich in seinen Streit mit Sterni eingemischt habe.« Er spürte ihren stechenden Blick in seinem Nacken, während er seine Füße anstarrte und darüber nachdachte, was er jetzt tun sollte.

»Maik?« Ihre Stimme war leise und klang heiser.

»Ja?«

»Hast du gegen ihren Willen mit ihr geschlafen?«

Ein Teil von ihm wollte ihr die Wahrheit sagen. Vielleicht würde Anastasia ihm verzeihen. Sie hatte ihn bisher weder angeschrien, noch war sie abgehauen. Seine Frau war noch da, wenn auch betrunken. Doch der andere, der lautere Teil von ihm, ermahnte ihn, es nicht zu tun, denn es gab keine konkreten Beweise für die Vergewaltigung – und er sah nicht ein, sein perfektes Leben einfach wegzuschmeißen. Nicht nach fünf Jahren.

»Nein, sie wollte es«, log er also.

Anastasia murmelte etwas in seinen Nacken, das er nicht verstand.

»Hm?«

»Ich glaube nicht, dass sie es wollte. Und ich weiß, dass sie das Paket hergebracht hat und nicht Ratte.« Ihre Stimme war brüchig, und ihre Hand verschwand von seiner Schulter, als sie sich wieder auf dem Sofa zusammenrollte.

Stundenlang blieb Maik neben seiner im Saufkoma verweilenden Frau sitzen und starrte auf das Päckchen. Er hatte keine Ahnung, was Anastasia tun würde, wenn sie wieder nüchtern war, aber er wusste, dass er besser lügen musste. Irgendwie musste er es schaffen, dass Sternis Päckchen wie ein schlechter Scherz aussah, damit sie ihm glaubte.

Schließlich beschloss er, sich um wenigstens ein bisschen Schlaf zu bemühen, und schlich sich aus dem

Wohnzimmer, aber nicht ohne vorher die schlafende Anastasia zuzudecken.

Er hatte sich gerade ins Bett gelegt, da klingelte sein Handy und eine Berliner Vorwahl wurde auf dem Display angezeigt.

Bitte nicht die Bullen, schoss es ihm durch den Kopf. Seine größte Angst war nach wie vor ein Leichenfund.

»Hallo?«, meldete er sich mit so fester Stimme wie möglich am Telefon, nur um es dann wieder einen halben Meter von sich wegzuhalten, weil ihm ins Ohr geschrien wurde.

»Du scheiß Wichser wolltest mich umbringen! Was zur Hölle stimmt mit dir denn bitte nicht?«

»Sterni?«

»Ja. Oder hast du kürzlich noch andere Frauen um die Ecke bringen wollen?«

Maik war erleichtert. Sie lebte, und das bedeutete, dass er sie nicht umgebracht hatte. Da sie sarkastisch war wie eh und je, hatte er offensichtlich auch keinen Schaden angerichtet.

Er beschloss, dass Angriff die beste Verteidigung war. »Was sollte der Scheiß mit dem Paket an meine Frau?«

»Versuchst du gerade ernsthaft, die Rollen zu vertauschen, Maik? Du bist schuldig, ich bin unschuldig. Bekomm das in dein Hirn«, giftete sie ihn an. »Und ich hatte da so eine Ahnung, dass du deiner Frau nicht erzählen würdest, was du getan hast. Also habe ich noch vor unserem Treffen vorgesorgt. Du hast mich nicht nur vergewaltigt, sondern wolltest mich auch noch umbringen. Hast du ernsthaft gedacht, das vor ihr geheim halten zu können?«

»Dafür hast du keine Beweise.« Er biss sich auf die Zunge, als ihm der Gedanke kam, dass sie das Telefonat vielleicht aufnahm.

»Für den Mordversuch nicht, für die Vergewaltigung schon. Und ich vermute, deiner Frau wird das reichen.«

»Fotos, Slips und Alkohol verschicken. Können wir das nicht vernünftig klären?«

»Ach, du willst eine Chance, es zu klären? Die hast du dir verspielt. Du hättest es Anastasia vor drei Wochen selbst sagen können, dann hätte sie das Paket nicht mehr überrascht, sondern höchstens dran erinnert.«

Maik wusste, dass sie recht hatte, doch das würde er im Leben nicht zugeben. Er starrte auf den ausgeschalteten Fernseher, auf dem er und Anastasia so gern amerikanische Serien vor dem Einschlafen schauten und laut lachten. Nun sah er darin lediglich sein wütendes Spiegelbild.

»Aber, Maik, mach dir keine Sorgen wegen mir, denn ich werde dich nicht verraten. Ich gehe nämlich davon aus, dass deine Frau das früher oder später tun wird. Ich hab in ihrer Vergangenheit geschnüffelt. Sie scheint Typen wie dich zu kennen und wird schon das Richtige tun. Vielleicht sehen wir uns dann vor Gericht. Oder auch erst in der Hölle.«

Damit legte Sterni auf, und Maik hörte nichts mehr als das Rauschen in seinem Kopf.

Teil sechs
Sterni

Sternis Hände zitterten, als sie auflegte. Nervös strich sie die weiße Krankenhausdecke glatt. Immer wieder, weil sich stets neue Falten bildeten, die sie wahnsinnig machten. Maiks Stimme zu hören, war wie ein Stich direkt in ihre Brust gewesen. Es war unfassbar, wie leicht ihm die Lügen über die Lippen gekommen waren. Ob er jemals irgendwem die Wahrheit sagte?

Sie griff nach ihrem Handy und nahm vier verpasste Anrufe von ihrem Vater zur Kenntnis. Er hatte sie in den vergangenen drei Wochen bestimmt fünfzig Mal versucht anzurufen. Irgendwann hatte er wohl akzeptiert, dass sie sich nicht melden konnte. Oder wollte. Sterni wusste noch nicht, wie die Achterbahnfahrt ihres Lebens weitergehen würde, und solange wollte sie für sich sein.

Seitdem sie Maik begegnet war, lag sie im Krankenhaus. Verneinte jeden Vorschlag der Ärztin, Kontakt zu Familie und Freunden aufzunehmen. Nachdem sie ihre

Selbstverletzungen gesehen hatte, hatte sie Sterni zur Beobachtung dabehalten wollen. Die Tatsache, dass Sterni nicht erzählen wollte, wie sie halb tot ins Gebüsch gelangt war, spielte da zusätzlich mit rein.

Passanten hatten sie ohnmächtig im Gebüsch gefunden und einen Krankenwagen gerufen. Erst im Krankenhaus war Sterni zu sich gekommen. Ihr Sauerstoffwert war gefährlich niedrig gewesen, und die Ärzte hatten ihr nicht geglaubt, dass sie keine Ahnung hatte, wie das passiert war, denn ihr Hals war mit Maiks Handabdrücken verziert gewesen. Diagnose: kurzzeitiger Gedächtnisverlust. Auch während des Gesprächs mit der Polizei, die sie im Krankenhaus verhört hatte, hatte sie nichts gesagt. Sie traute ihnen nicht. Nachher würde ihr nur vorgeworfen werden, sie sei selbst schuld, ihren Peiniger aufzusuchen. Ihre Schweigsamkeit hatte jedoch zur Folge, dass sie im Krankenhaus bleiben musste. Ihr erschreckend niedriges Gewicht machte den Ärzten zusätzlich Sorgen. Normalerweise würde sich Sterni wehren, doch nun wollte sie einfach nur ihre Ruhe. Zu Hause oder bei Freunden würde sie tausend Fragen beantworten müssen. Hier akzeptierte man ihr Schweigen.

Was sie jedoch verwunderte, war, dass sich Vivi bisher nicht bei ihr gemeldet hatte. Das war typisch. Erst gab sie Sterni die Bilder, auf denen man sah, wie Maik sie vergewaltigte, und dann ghostete sie sie einfach wochenlang. Dabei war es doch so offensichtlich gewesen, dass Sterni nach Berlin fahren würde. Aber Vivi hatte vermutlich wie immer mit ihrem eigenen Kram zutun, und da hatte Sterni keinen Platz.

Sterni ließ sich zurück in das große Kopfkissen fallen und dachte an den Morgen vor drei Wochen zurück, als sie noch nicht gewusst hatte, dass Maik versuchen würde, sie zu ermorden, nur um sein Geheimnis zu wahren.

Das Päckchen in Sternis Tasche drückte sich schmerzvoll in ihre Rippen, und ihre Füße taten weh. Mehrere Tage hatte sie Maik beschattet, weshalb sie durch halb Berlin gelaufen war. Maik, der sie immer zum Lachen gebracht hatte. Maik, der mit ihr mehr als einmal einen über den Durst getrunken hatte. Maik, der sie vergewaltigt hatte.

Jetzt, wo sie die Beweise in Form von Fotos hatte, würde sie sein schönes Leben zerstören. Eine warme Welle der Zufriedenheit durchströmte sie bei dem Gedanken, dass sie nach all den Jahren endlich Gerechtigkeit bekommen würde.

Sterni betrachtete das Haus, das sich wie eine Villa vor ihr auftürmte. Hier wohnte er also mit seiner Frau. Von all den bunten Gestalten aus ihrem Leben konnte sie sich Maik am wenigsten in so einer Spießerbude vorstellen. Um diese Uhrzeit waren die beiden arbeiten, und so hatte Sterni freie Bahn.

Ihr Blick glitt über die Klingelschilder, und sie scannte blitzschnell alle Namen. Wem würde sie diese wichtige Aufgabe mit dem Päckchen anvertrauen?

Sie schloss die Augen, als sei es ein kindliches Spiel, und tippte mit ihrem dünnen Finger auf eine beliebige Klingel. Kurz darauf summte die Tür, und Sterni presste sich schnell dagegen, um sie zu öffnen.

»Ich habe hier ein Paket!«, rief sie ins Treppenhaus.

»Zweiter Stock, links«, kam prompt die Antwort.

Sehr gut. Sterni eilte nach oben, wobei sie jede zweite Stufe ausließ. Als sie oben ankam, raste ihr Puls – ob vor Anstrengung oder Aufregung, konnte sie nicht sagen.

Eine ältere Dame steckte den Kopf aus der Tür.

»Sind Sie eine Nachbarin von Anastasia und Maik Hobel?«, stellte Sterni die Frage, deren Antwort sie bereits kannte.

»O ja, das bin ich. Nettes junges Paar.«

Pah. Wenn die wüsste.

»Darf ich Sie um einen Gefallen bitten?« Sterni schaute die alte Frau bittend an, bis diese nickte. »Ich habe hier ein Päckchen für Anastasia. Es ist ganz wichtig, dass sie es erst in drei Wochen bekommt.«

Kurz wirkte die Frau verwirrt, dann lächelte sie plötz-

lich. »Aber natürlich mache ich das. So ein wundervolles Pärchen die beiden.« Strahlend nahm sie das Paket mit den Beweisfotos entgegen.

»Es ist wirklich wichtig, dass Sie es Anastasia persönlich geben, nicht ihrem Mann. Es ist ein ... Geschenk für ihn. Er hat in drei Wochen Geburtstag. Deshalb darf sie es auch erst später bekommen. Nicht, dass er es vorher findet.« Die Lüge ging ihr federleicht über die Lippen.

»Oh, eine Überraschung, wie schön, das mache ich gern.«

Sterni atmete erleichtert aus, als sie wieder vor dem Haus stand und die frische Frühlingsluft einatmete. In Gedanken ging sie ihre Checkliste durch. Den ersten Brief an Maiks Atelier kleben - check. Das Päckchen für Anastasia abgeben - check. Jetzt würde sie zurück zum Atelier fahren müssen, um den zweiten Brief anzubringen. Das war am heikelsten, weil Maik im Gegensatz zu heute früh nun dort war. Aber warum sollte er mitten in der Arbeitszeit das Atelier verlassen? In jedem Fall musste sie das Risiko eingehen.

Sterni stapfte zur U-Bahn, wo ihr eine Gruppe Punks entgegenkam. Sie nickte ihnen zu.

»Hey, Puppe,« lallte ihr der größte der Gruppe entgegen. »Kenn ich dich?«

Sterni zuckte mit den Achseln und ging weiter. Woher sollte sie das wissen? Sie war die letzten Jahre mehr betrunken als nüchtern gewesen. Egal, ob daheim in Hannover oder unterwegs auf Konzerten oder Festivals. Ihr Alkoholkonsum war schon immer ungesund gewesen, aber nach der Vergewaltigung hatte es Ausmaße angenommen, die fern von jeglicher Art von Spaß waren. Doch die Momente, in denen sie sich betäubte, waren die einzigen, in denen sie dem starken Drang, von einer Brücke zu springen, widerstehen konnte.

Der Große folgte ihr, was sie wirklich nervte, aber sie wollte auch keinen Stress.

»Darf ich dich kennenlernen? Lass mich dich ein Stück begleiten.«

»Lass gut sein«, wehrte sie ihn ab. »Ich komm allein klar.«

Seine Freunde pfiffen. Ob sie sich über den Korb amüsierten, den sie ihm gerade erteilt hatte, oder ihn anstacheln wollten, erkannte Sterni nicht, aber es war ihr auch egal, denn er ließ sie daraufhin in Ruhe.

Erst als sie in der U-Bahn saß, bemerkte sie, dass sie zitterte. Ungeachtet dessen, dass sie in der Öffentlichkeit war, grub sie ihre langen Fingernägel in die Haut ihres Unterarms. Sie kratzte ihn so lange und intensiv, bis er blutete und sich das stechende Brennen wie sanfte Medizin auf ihre tosenden Gedanken legte.

Immer wieder passierte ihr das. Gaffende Blicke, stumpfe Anmachsprüche oder Belästigungen. Maiks Übergriff war nur der Anfang von einer Reihe nicht enden wol-

lender Gewalt gewesen. Sterni war sich mittlerweile nicht einmal mehr sicher, ob sie schuld daran war. Besonders Vivi hatte ihr früher so oft gesagt, dass sie es mit ihrem Verhalten herausfordern würde. Was auch immer das bedeutete. Zwar hatte Vivi nicht unbedingt das beste Urteilsvermögen, aber Sterni liebte sie mehr, als es gut für sie war.

Sterni stopfte sich die Kopfhörer in die Ohren und lauschte den Worten ihres Lieblingsmusikers. Zu gern würde auch sie die Welt anhalten und abspringen.

Stumme Tränen liefen über Sternis Wangen, während sie der Musik lauschte. Nie fühlte sie sich verstandener als in dem Moment, wenn sie ihre Lieblingslieder hörte. Ratte hatte ihr den Künstler damals empfohlen. Er hatte nie gewusst, weshalb es Sterni so schlecht ging, da sie mit ihm nie über die Vergewaltigung gesprochen hatte. Hätte sie es getan, wäre er auf der Stelle nach Berlin gefahren und hätte Maik umgebracht. Ratte war bis heute einer von Sternis engsten Freunden und damals Maiks bester Freund gewesen. Nach Maiks Umzug hatte er oft versucht, Kontakt aufzubauen, aber Maik hatte ihn immer wieder abgeblockt. Ratte hatte jedoch eine so gute Seele, dass er Maik trotzdem nicht hassen konnte. Es würde ihm sein gutes Herz brechen, wenn er die Wahrheit wüsste.

Mit einem flauen Gefühl im Magen stieg Sterni aus der U-Bahn aus. In ihrer Tasche ertastete sie den zweiten Brief für Maik. Das Foto, welches in dem Umschlag war, hatte sich Sterni nach dem Drucken kaum ansehen können. Zu schmerzhaft waren die Erinnerungen an diesen einschneidenden Moment in ihrem Leben. Ob Maik überhaupt im Stande war, diesen Schmerz nachzuempfinden? Mit einem Mal kam ihr ihr Plan total kindisch und blöd vor. Briefe an Türen kleben, Pakete an Nachbarn senden.

Ein kleines Stück Weg hatte sie noch vor sich, weshalb sie zu ihrem Handy griff und ihre beste Freundin anrief. Nicht Vivi, die vor fünf Jahren ihre Vergewaltigung fotografiert hatte und sich mit der Beichte darüber nicht unbedingt beliebt bei Sterni gemacht hatte, sondern eine wahre Freundin.

»Hey, du«, begrüßte Ju sie am Telefon.

Sterni hatte Ju bei der Arbeit in einer Bibliothek kennengelernt. Sie war eine so wundervolle Seele, und ihre Fröhlich- und Ehrlichkeit sowie realistische Sicht auf die Welt war genau das, was Sterni brauchte.

»Mausi, zum Glück gehst du ran. Ich brauche ein bisschen Mut.«

»Wie weit bist du denn mit deinem Plan?«

»Der erste Umschlag klebt, und das Päckchen hat jetzt eine Omi, die über den beiden wohnt. Jetzt fehlt nur noch der zweite Umschlag.«

»Du könntest ihn auch direkt zur Polizei bringen.«

Natürlich versuchte Ju es nochmal damit. Für sie war es schwer nachvollziehbar, weshalb Sterni lieber das Risiko einging, Maik gegenüberzustehen, als ihn anzuzeigen.

Aber sie akzeptierte, dass Sterni Rache wichtiger war. Dass sie Maik Angst machen wollte, damit er es Anastasia erzählte – und falls er es nicht täte, würde das Sternis Päckchen übernehmen.

»Mausi, du kennst die Statistiken auch. Wie viele nachträglich angezeigte Vergewaltigungen führen ins Leere?«

»Viele, weil die Beweise fehlen und Aussage gegen Aussage steht. Aber bei dir gibt es Beweise, und du warst minderjährig.«

Sterni konnte nicht glauben, dass Ju ihren Plan immer noch anzweifelte.

»Vertrau mir. Wenn seine Frau so lieb und korrekt ist, wie sie sich auf ihren sozialen Medien gibt, wird sie ihn mit einem Paukenschlag verlassen und das mit der Anzeige für mich übernehmen.«

Inzwischen war sie in der Straße vom Atelier angekommen. Die Kirschblüten ließen die gesamte Straße rosa erstrahlen, was Sterni fast zu fröhlich für ihre düstere Stimmung war. »Irgendwelche letzten Worte?«, fragte sie Ju.

»Pass bitte auf dich auf, Süße! Ich lieb dich.«

»Du kennst mich. Ich tue nichts, ohne nicht alle Konsequenzen durchgespielt zu haben.« Dann legte sie auf.

Im Treppenhaus zu Maiks Atelier lagen immer noch die von ihr verteilten Kirschblütenblätter. Ein Schmunzeln umspielte ihre Lippen. Was Maik wohl vorhin gedacht hatte, als er zur Arbeit gekommen war?

Leise schlich Sterni die Treppen hoch. Vor Maiks Tür angekommen stellte sie zufrieden fest, dass der erste Umschlag fehlte. Maik war also hier.

Ein Griff in ihre Tasche förderte den zweiten Brief zutage. Wie der erste war er rosa, und Maiks Name stand drauf. Der Punkt über dem i war ein Herz. Sterni liebte dieses kleine kitschige Detail, das, wie sie wusste, Maik wahnsinnig machen würde.

Ihr Herz pochte so schnell und laut, dass sie befürchtete, Maik würde es drinnen hören. Wenn er jetzt rauskäme, wäre die ganze Vorbereitung für die Katz gewesen. Sie wollte, dass er den Brief allein fand. Die Konfrontation sollte erst später erfolgen, wenn er genug Zeit hatte, darüber nachzudenken.

Aus ihrer Jackentasche holte Sterni die Klebebandrolle, von der sie vorsichtig einen Streifen abriss, dann klebte sie mit zitternden Fingern den Beweis ihrer Vergewaltigung an Maiks Ateliertür.

Geschafft! Sterni atmete schwer aus. Für einen Moment hielt sie inne. Sollte sie klopfen?

Sie legte ihr rechtes Ohr an die Tür und lauschte. Zunächst hörte sie nur Papier rascheln, doch als sie plötzlich seine Stimme hörte, gefror ihr das Blut in den Adern. Eine Träne löste sich aus ihrem Augenwinkel und rann langsam über ihre Wange. Wieso hatte er ihr Nein überhört? Warum hatte er damals nicht gesehen, dass sie nicht bereit gewesen war?

Maik war der erste Mensch seit langem gewesen, der sie so gemocht hatte, wie sie war: seltsam, verpeilt und ein bisschen anders. Warum hatte er das kaputt machen müssen? Sterni spürte wieder diese Schwere auf ihrer Brust. Die Angst vor dem Leben schnürte ihr den Atem ab, und die Vorstellung, dass sie sich jederzeit für den Tod entscheiden könnte, umarmte ihre kaputte Seele wie ein alter Freund.

Hektisch sprang sie von der Tür weg, als sie ein paar Etagen über ihr Stimmen vernahm. Ihre Aufgabe hier war erledigt. Sie eilte hinaus auf die Straße und konzentrierte sich auf jeden Atemzug. Heute Abend würde es vorbei sein. Dann würde sie ihn konfrontiert haben, würde alles losgeworden sein, was seit fünf Jahren ihre Seele zerfraß. Jeden Tag ein bisschen mehr.

Sterni seufzte bei der Erinnerung an den Tag von vor drei Wochen. Ein Teil von ihr wünschte sich, dass Maik sein Vorhaben, sie zu töten, vernünftiger angegangen wäre, denn der Haufen Scheiße, in dem sie nun steckte, war fast noch schlimmer als all das, was sie die vergangenen Jahre gefühlt hatte.

Sie hatte wirklich gehofft, dass er es seiner Frau

sagen würde, doch die Tatsache, dass er versucht hatte, sie zu ersticken, zeigte ihr, dass sie sich in ihm getäuscht hatte. Zum Glück hatte sie dieses Päckchen für Anastasia fertig gemacht – und sie hatte es bekommen. Sich selbst konnte sie zwar nicht mehr retten, aber vielleicht würde sie Anastasia aus den Fängen dieses Monsters befreien können.

Sterni fühlte sich beinahe ein wenig heldenhaft, auch wenn sie wusste, dass es eigentlich die Rache an Maik war, die sie antrieb, und nicht Mitleid für Anastasia. Sie hatte höchstens Mitleid für ihr eigenes Schicksal.

Vor ihrem inneren Auge spielte sich erneut der Moment der Vergewaltigung ab. Sie konnte den süßlichen Kräuterschnaps schmecken, wenn sie daran dachte, konnte Maiks Atem riechen, wenn sie sich konzentrierte – und sie konnte noch immer seinen Schwanz spüren, wie er in sie eindrang. Schmerzvoll und fordernd, obwohl sie es nicht wollte.

Tränen liefen Sterni die Wangen hinunter. Für einen kurzen Moment überlegte sie, die Klingel für den Pfleger Ben zu drücken. Er hatte heute Dienst, und es wäre ein Leichtes, ihn nach mehr Beruhigungsmitteln zu fragen, so wie sie es in den vergangenen Wochen getan hatte. Wieder so zu tun, als sei sie total verwirrt. Sie entschied sich stattdessen für eine Nachricht an Vivi: *Ich bin in Berlin. Stecke in der Scheiße.*

Minutenlang starrte Sterni auf ihr Handy und

wünschte sich, ihre Freundin würde antworten, verlor schon die Hoffnung. Als schließlich das Tonsignal einer eingehenden Nachricht erklang, schreckte sie fast zusammen.

Vivi schrieb: *Ist ja nix neues. Nochmal mit Maik gefickt?*

Sterni konnte ihren Augen nicht trauen, die sich augenblicklich mit Tränen füllten. Hatte Vivi ihr etwa niemals geglaubt?

Dann fasste Sterni einen Entschluss. Sie kramte in der Schublade nach Zettel und Stift und kritzelte in Windeseile zwei Briefe – einen an ihren Vater und einen an Ju – und stopfte beide in ihre Hosentasche. Sie hätte sie anrufen müssen, alle beide, doch sie hatte keine Kraft dazu.

Dann stand sie auf, langsam, damit sich ihr Kreislauf daran gewöhnte. Da sie aber fast täglich im Park auf dem Krankenhausgelände spazieren ging, war ihr Kreislauf schnell in Schwung. Durchs Fenster sah sie, dass es draußen schon stockdunkel war. Sterni suchte im Schrank ihre Sachen zusammen und zog sich an.

Als sie gerade an die Türklinke griff, kam ihr ein Gedanke, und sie lief zum Bett zurück, suchte erneut die Zettel und hinterließ eine Nachricht für ihre Ärztin und Ben, den netten Pfleger.

Sie schrieb nur vier Worte: *Es tut mir leid.*

Die kühle Luft wehte ihr um ihre Nase, und sie eilte

über das Krankenhausgelände. Schnell weg, damit sie niemand aufhalten konnte. In ihrem Kopf blitzten immer wieder Erinnerungen auf. Maik, wie er über ihre Witze lachte. Maik, mit dem sie auf Punkkonzerten Pogo tanzte. Maik, der für alle Kurze einschenkte. Maik, der ihnen ein Dach über dem Kopf anbot. Maik, der über ihr lag. Maik, der ihr Nein nicht hörte. Maik. Überall Maik.

Blind rannte sie durch Berlin und fand sich plötzlich auf einer Brücke wieder. Unter ihr rasten LKWs, Familienwagen, Motorräder. Nur ein Schritt weiter und ihr Schmerz wäre vorbei, die Gedanken verstummt.

Zitternd kletterte Sterni auf die Brüstung.

»Los, du feiges Huhn. Dann hast du den Scheiß, den sie Leben nennen, hinter dir«, stachelte sie sich an.

Ein Autofahrer hupte, und Sterni zuckte zusammen, taumelte nach hinten, wobei sie wieder auf den Fußweg fiel. Ihre Ellbogen pochten, doch der Schmerz in ihrem Herzen war größer. Ein riesiger Orkan an Gefühlen und Erinnerungen tobte in ihrem Inneren.

»Scheiße!«, brüllte Sterni in den Nachthimmel. *Ich kann das nicht mehr*, dachte sie sich. All die Dämonen in ihrem Kopf flüsterten ihr zu, dass sie zu ihnen kommen soll. Mit zitternden Muskeln stemmte sie sich erneut in den Stand, griff festentschlossen nach der Brüstung. Erneut kletterte sie hoch. Die Augen gen Himmel gerichtet. All die hunderttausend Millionen Sterne leuchteten am schwarzen Nachthimmel und lächelten ihr wie alte

Freunde zu. Sterni spürte das erste Mal seit fünf Jahren einen Hauch Freiheit, und im nächsten Moment realisierte sie, dass all ihre Entscheidungen seit der Vergewaltigung nur von Maik getrieben gewesen waren. Doch diese wollte sie allein treffen. Nur sie. »Ich komme jetzt zu euch. Ich werde nicht mehr leiden!«, rief sie den Sternen zu. Dann sprang sie.

In deinen Armen zu sterben,
Das war mein größter Wunsch.
So dachte ich.
Sich endlich frei zu fühlen,
Mit all den Gedanken, all den Sorgen.
Die Dämmerung setzte ein,
Die Sonne verschwand in der Dunkelheit.
Und ich wachte in einer neuen Hölle auf.
Eine beschissene Endlosschleife.
Aus eigenem Antrieb zu sterben,
Das ist mein größter Wunsch.
Ich springe zu den Sternen
Und bin endlich frei.

[Brief von Sterni an Papa]

Lieber Papa,

es tut mir leid. Ich kann nicht mehr. Egal, was ich versuche, egal, welchen Weg ich probiere, sie alle scheinen zum Scheitern verurteilt.

Bitte behalte mich in der Erinnerung als dein kleines Maedchen. Froehlich Pippi Langstrumpf schauend oder sich immer einen Hund wuenschend. Als mein groeßtes Problem war, wenn meine Lieblingssueßigkeit aufgegessen und der Wocheneinkauf in weiter Ferne war.

Du hast mir die schoenste Kindheit geschenkt, die ich mir jemals haette wuenschen koennen, und ich werde vom Himmel aus auf dich aufpassen.

Ich liebe dich,

A.

[Brief von Sterni an Ju]

Liebste Mausi,

wo fange ich nur an? Bevor ich dich kennenlernte, habe ich gedacht, Freundschaften muessten kompliziert und voller Geheimnisse sein und einem das Herz zerreißen. Durch dich habe ich gelernt, dass das nicht so ist. Ich weiß nun, dass Freundschaften federleicht sein duerfen, ohne Probleme und Streitigkeiten, und dass man dafuer geliebt werden kann, wer man ist.

Doch all deine Bemuehungen, all deine Liebe verlangen dir so viel Energie ab, und ich bin einfach nicht stark genug, um weiterzukaempfen. Ich moechte sie dir nicht laenger rauben, dir nicht laenger Kummer bereiten.

Es tut mir leid, dass ich dich in das Drama meines Lebens gezogen habe. Bleib bitte, wie du bist, und vergiss niemals:

Ich lieb dich.

Sterni

Ich kann dir nicht *verzeihen*

Teil sieben

Vivi

DAS KLINGELN IHRES Telefons brachte ihr Herz zum Rasen. Hoffentlich war es Sterni. Zwei Wochen hatte Vivi nichts mehr von ihrer Freundin gehört. Funkstille zwischen den beiden war zwar nichts Ungewöhnliches, doch diesmal fühlte es sich anders an. Das schlechte Gewissen über ihre Reaktion auf Sternis Nachricht wog tonnenschwer auf ihrem Herzen.

Als Sterni ihr geschrieben hatte, sie sei in Berlin, war Vivis erster Gedanke gewesen, dass sie dort bestimmt bei Maik wäre. Bereits eine Stunde später hatte sie diese Kurzschlussreaktion bereut, Sterni mehrmals angerufen, ihr Entschuldigungen geschrieben – doch nichts. Keine Antwort seitdem. Ihre Freundin strafte sie mit Schweigen.

Mit dem Daumen wischte sie den grünen Hörer auf ihrem Display nach links, um den Anruf von ‚unbekannt' anzunehmen. Sie räusperte sich. »Vivien Hübner, hallo?«

Am anderen Ende der Leitung war nichts als Stille. Ein schweres Atmen. Vivi wollte gerade wieder auflegen, da fand der Anrufer seine Stimme wieder: »Vivi? Hier ist Rolf. Ich muss dir leider mitteilen ... Ich rufe an, um dir zu sagen ... Ich ... Meine Tochter ... ist tot.« Sternis Papa. Vivi würde ihn unter Tausenden erkennen, weil er wie ein Vater für sie war, mehr als es ihr leiblicher je sein könnte.

Vivi sagte nichts, und auch Sternis Papa blieb stumm. Ein undefinierbares Klingeln in ihren Ohren durchbrach die Stille. War das der Schock? Es rauschte, als wolle ihr Körper verhindern, weitere Hiobsbotschaften hören zu müssen.

Doch es half nicht. Sternis Vater brach das Schweigen: »Sie haben sie vor zwei Wochen in Berlin gefunden. Sterni hat sich ... eine Brücke ... Herrje, ich kann es nicht aussprechen.«

Vivi schluckte schwer.

»Ich weiß nicht, was sie in Berlin getan hat und wieso sie sich ... umgebracht hat, Vivi. Wenn du irgendwas weißt oder herausfindest, melde dich bitte bei mir. Oder direkt bei der Polizei. Ich wollte mich eigentlich früher melden, aber ...« Seine Stimme brach ab.

»Mach dir um mich keine Gedanken«, lenkte Vivi ein.

Ihr Gehirn war wie eingefroren, als könne es so den Moment hinauszögern, in dem der Schock einsetzte. Sie dachte an Sternis Nachricht und daran, dass Maik seit mehreren Jahren in Berlin wohnte und sie vor über einem Monat herausgefunden hatten, wo genau. Eine eisige Kälte überkam Vivi, und sie zog sich den Strickcardigan enger um den Körper.

»Ich weiß nichts«, log sie, ohne darüber nachzudenken, wieso. »Wann ist denn die Beerdigung? Ich würde gern kommen.«

Sternis Vater atmete schwer ein: »Morgen schon. Ich schicke dir die Adresse. Es wäre schön, wenn du kommst. Ich weiß, du hast ihr viel bedeutet.«

Vivi wollte hysterisch auflachen, verkniff es sich jedoch. »Ich werde da sein.«

»Gut, bis dann«, sagte Sternis Papa und legte auf.

Vivi presste ihre Lippen aufeinander und umklammerte das Smartphone in ihrer Hand. Sterni hatte niemanden nah an sich herangelassen. Bis auf Maik. Den heiligen Maik. Natürlich hatte er seine Freundschaft zu Sterni mit der Vergewaltigung damals zerstört, dennoch hatte Sterni ihn besucht. Aber was war dort vorgefallen? Warum hatte sie sich umgebracht?

So eilig, dass sie sich ein paar Mal vertippte, suchte sich Vivi die nächste Verbindung von Hannover nach Berlin raus. Sie musste der Sache auf den Grund gehen.

Als sie ihren Rucksack mit Wechselwäsche vollgepackt hatte und gerade mit der Zahnbürste aus dem Bad zurück in ihr Zimmer wollte, stellte sich ihre Mutter ihr in den Weg. Einer der Nachteile, Psychologie zu studieren und keine Zeit für einen Job zu haben, war es, weiterhin zu Hause wohnen zu müssen. »Wo wollen wir denn hin, Fräulein?«

Vivi biss sich auf die Zunge, um kein patziges »Woher soll ich wissen, wo du hinwillst?« rauszulassen, und probierte es stattdessen betont lässig mit: »Zu einer Freundin.«

»Welche Freundin?«

»Kennst du nicht.«

»Sybille?«

Kopfschütteln.

»Lisa?«

Vivi schüttelte wieder den Kopf und hoffte, ihre Mutter würde gleich aufgeben und sich wieder einer ihrer Fernsehserien oder Handyspiele widmen. Gleichzeitig genoss sie ihre Aufmerksamkeit, die sie so selten bekam.

»Ist es Sterni?«

Vivi schluckte. Für den Bruchteil einer Sekunde überlegte sie, ihrer Mutter von dem Anruf zu erzählen. Doch sie kannte sie zu gut. Sie mochte Sterni nicht, weil diese ihr braves Mädchen vor einigen Jahren mit in die Punkszene geschleppt hatte. Für Vivi war es gerade recht gekommen, in Sterni einen Sündenbock gefunden zu haben. Dass sie gemeinsam die Punkszene erobert hatten, wusste ihre Mutter nicht.

Deshalb schüttelte sie den Kopf, auch wenn sie sich nichts sehnlicher wünschte, als dass ihre Mutter die Lüge erkennen würde. Aber diese seufzte nur schwer und ging zurück ins Wohnzimmer. Kurz darauf ertönte die Titelmelodie einer Daily Soap.

Vivi rollte mit den Augen und äffte die Stimme ihrer Mutter nach: »Pass auf dich auf, Schatz. Iss auch immer schön, aber nicht zu viel, und Finger weg von den Drogen.« *Selbst das muss ich selber machen*, dachte sie und ging in ihr Zimmer, wo sie die Zahnbürste verstaute und sich anschließend die Tasche über die Schulter warf, ehe sie das Haus verließ.

Auf dem Weg zum Bahnhof überlegte Vivi noch kurz, Ratte anzurufen. Doch die Angst war zu groß, dass er irgendwie von Sternis Nachricht vor ihrem Selbstmord erfahren würde.

Außerdem wusste er nichts von den Fotos und der Vergewaltigung in Maiks Wohnung und er war jetzt, wo Sterni tot war, ihr letzter Freund. Sie musste rausfinden, was Sterni von Maik gewollt hatte, bevor sie Ratte einweihen und ihm damit das Herz brechen würde.

Seit zehn Minuten stand Vivi nun vor dem Haus in Berlin, in dem Maik mit seiner Frau wohnte. Die gesamte Zugfahrt über hatte sie überlegt, was sie tun würde. Einen Plan hatte sie jedoch immer noch nicht. Inzwischen war es weit nach siebzehn Uhr. Sollte sie Maik konfrontieren? Oder seine Frau?

Da klingelte ihr Handy. Vivi riss erstaunt die Augen auf, als sie sah, dass es erneut Sternis Vater war. Für einen Moment dachte sie daran, nicht ranzugehen, doch sie verwarf den Gedanken schnell wieder. »Hallo, Vivi hier.«

»Vivi, gut, dass ich dich erneut erreiche. Ich habe inzwischen mit anderen Freundinnen von Sterni gesprochen, von denen ich die Nummer hatte. Ju hat mir erzählt, dass Sterni nach Berlin wollte, um jemanden von früher zu treffen. Einen Maik. Kennst du den? Sie hat erzählt, dass er Sterni ... vergewaltigt hat und sie sich deswegen an ihm rächen wollte.« Seine Stimme brach, und Vivi konnte nur erahnen, wie viel Überwindung es ihn kostete, diese Worte auszusprechen.

Naive Ju. Wie hatte sie Sternis Vater diese Wahrheit erzählen können? Und was würde das für Konsequenzen für Vivi haben? Für einen Außenstehenden sah es aus, als hätte sie dabei zugesehen, wie ihre Freundin missbraucht worden war, schlimmer noch, als hätte sie davon Fotos gemacht.

»Hat sie noch mehr erzählt?«, fragte Vivi gespielt erschrocken über diese Informationen, die sie bereits seit einer halben Ewigkeit mit sich rumschleppte.

»Nur dass es wohl Fotos gibt. Aber sie konnte mir nicht sagen, wer sie haben könnte.«

Vivi rutschte beinahe ein Laut der Erleichterung heraus. »Ich höre mich um.« Dann legte sie auf.

Diese Wendung änderte für sie alles. Sterni hatte Ju mit Sicherheit erzählt, dass es Vivi gewesen war, die sie damals fotografiert hatte. Die Freundschaft zwischen Sterni und Ju war so widerlich harmonisch gewesen, dass Vivi eine Gänsehaut bekam, wenn sie nur daran dachte. Ju war Sterni geradezu in den Arsch gekrochen, hatte ihr jede verrückte, irrationale Angst geglaubt und ihr die Wunden geleckt, die sich Sterni selbst zugefügt hatte.

Das Drama nach der Vergewaltigung. Die endlosen Streitigkeiten darüber, dass Vivi ihr doch mal glauben sollte und ihre Ängste nie ernst nahm. Sie hatte immer nur Aufmerksamkeit gewollt und jetzt war sie tot und bekam damit die größte Show, die sie sich zu Lebtagen gewünscht hätte. *O Sterni, was hast du nur getan?* Da spürte Vivi auf einmal Trauer in sich aufsteigen. Trauer darüber, dass ihre Freundin Ju in ihre Pläne eingeweiht hatte und nicht sie. War Sterni ihre gemeinsame Zeit und Freundschaft denn gar nichts wert gewesen?

Ein lautes Schluchzen entwich Vivi, und sie brach weinend vor dem Hauseingang zusammen. Sie würde nie wieder mit Sterni streiten können. Auf einmal realisierte sie, was seit heute früh alles passiert war, und sie erkannte, dass sie die doofe Kuh nie wiedersehen würde. Diese Erkenntnis brach Vivi ihr gifterfülltes Herz.

Vivi saß eine ganze Weile dort und heulte hemmungslos, verlor dabei jegliches Zeitgefühl, bis sie jemand am Arm berührte.

TEIL ACHT
Anastasia

ANASTASIA SASS SCHON seit Stunden auf einer Bank im Park. Während sie das bunte Treiben beobachtete, leerte sie einen Kurzen. Die letzten Wochen hatte sie sich zunächst eingeredet, sie hätte voll und ganz die Kontrolle, doch irgendwann hatte sie einsehen müssen, dass sie diese mit Erhalt des absurden Päckchens verloren hatte. Vor Maik versuchte sie, ihren erneuten Rückfall geheim zu halten – doch dieser verhielt sich ebenfalls merkwürdig.

Ihr Verstand wollte mit den Fotos zur Polizei gehen, doch ihr Herz wünschte sich eine Lösung, die ihren Mann nicht als Vergewaltiger in den Knast wandern lassen würde.

Anastasias Sicht war vernebelt, ihr Kopf dumpf, die Gedanken verhüllt in den Prozenten ihres Getränks. Sie hatte eine Grenze überschritten, die sie das Leben kosten konnte.

Anastasia hatte die Fotos nicht mehr angerührt, seitdem sie sie bekommen hatte. Sie lagen im Fernsehschrank. Auch Maik hatte die Finger von ihnen gelassen. Zwar hätte er sie bereits ohne Probleme hundertmal wegschmeißen können, aber er wollte Anastasia die Entscheidung überlassen, was mit ihnen passieren würde. Diese Verantwortung war zum jetzigen Zeitpunkt jedoch zu viel für sie. Sie liebte Maik, er war der Mann ihrer Träume – lieb und gutherzig. Auch wenn Sternis Paket sehr überzeugend gewesen war, so war sich Anastasia inzwischen nicht mehr sicher, ob sie nicht vielleicht doch gelogen hatte.

Irgendwann waren die Kurzen leer, die Anastasia am Kiosk fünf Ecken weiter gekauft hatte. Bei dem Versuch, von der Bank aufzustehen, wackelten ihre Beine und die Welt um sie herum war auf so vielen Ebenen nicht mehr geradezurücken.

Sie torkelte in Richtung Wohnung. Maik würde bald zurückkommen und durfte sie nicht so sehen. Sie musste kalt duschen. Toast essen, um den Alkohol aufzusaugen, und sich dann schlafen legen. Was hatte sie sich nur dabei gedacht, erneut unter der Woche zu trinken? Überhaupt zu trinken?

Neben der Eingangstür kauerte eine junge Frau und schluchzte in ihre Knie.

Anastasia ging vorsichtig auf sie zu und fasste sie an der Schulter. »Hey, alles in Ordnung mit dir?« Die Worte kamen undeutlich aus ihrem Mund.

»Du bist Anastasia!«, entfuhr es der Fremden.

»Und du bist ...?«

»Ich bin Vivi, eine Freundin von Sterni.« Die letzten Worte gingen beinahe in dem großen Schluchzen unter, das aus Vivis Kehle drang.

Für einen Moment glaubte Anastasia, sie würde fantasieren, doch Vivi war offenbar real, und wenn sie Sterni kannte, kannte sie auch Maik. Vielleicht würde sie ihr ein paar der Fragen beantworten können, die sie seit Wochen nicht schlafen ließen.

Anastasia hielt Vivi eine Hand hin. »Komm mit rein. Ich mach uns was zu essen.«

Vivi starrte sie an. Halb fassungslos, halb dankbar. Sie ergriff Anastasias Hand und hakte sich bei ihr unter.

Anastasia war sich nicht sicher, ob sie auch im nüchternen Zustand ein fremdes Mädchen reingelassen hätte, doch das spielte im Endeffekt keine Rolle. Sie brauchte mehr Informationen, und wenn diese praktisch vor ihrer Haustür lagen, sollte sie die Chance besser ergreifen.

»Ist er gar nicht da?«, wollte Vivi wissen.

Anastasia zuckte mit den Schultern. »Maik arbeitet manchmal länger.«

In der Wohnung angekommen verfrachtete Anastasia Vivi ins Wohnzimmer. »Pass auf: Bevor ich dich gleich mit Fragen löchere, möchte ich dich über meinen Wissensstand aufklären.« Anastasia wühlte im Fernsehschrank und kramte Sternis Paket hervor. Sie stellte es vor Vivi auf den Couchtisch. »Schau dir an, was deine

Freundin mir geschickt hat. Ich mache uns kurz Essen.« Damit ließ sie Vivi allein. Sie wusste, dass es nicht fair war, Vivi damit zu überrumpeln. Aber sie hatte immerhin vor ihrer Haustür gelegen, und außerdem war auch sie ins kalte Wasser geschmissen worden. Rücksicht war das Letzte, was sie jetzt nehmen würde.

Laut fluchend schnitt sie sich in der Küche beim Versuch, ein Sandwich zu schmieren, in den Zeigefinger. Sie musste dringend wieder nüchtern werden.

Als sie vollbeladen mit Essen ins Wohnzimmer zurückkehrte, saß Vivi über die Fotos gebeugt und starrte ins Leere.

»Schockierend, hm?« Die Worte kamen garstiger raus als beabsichtigt.

Vivi schaute sie aus großen, grünen Augen an, schließlich nickte sie. »Sterni ist tot.«

Anastasia war über diese Information nicht so erschrocken, wie es vermutlich angemessen gewesen wäre, doch sie hatte damit bereits gerechnet. Sie hatte Sternis Todessehnsucht in dem Brief deutlich herausgelesen.

Vorsichtig stellte sie die Teller ab, setzte sie sich neben Vivi und legte ihr behutsam eine Hand auf die Schulter.

»Maik muss etwas damit zu tun haben!«, fuhr Vivi Anastasia an.

»Ich verstehe nicht ...«

»Bist du wirklich so naiv? Und wieso hast du ihn noch nicht angezeigt?« Vivi nickte zu dem Brief, in dem Sterni Anastasia um genau das gebeten hatte.

»Das ist nicht so einfach. Ich weiß ja nicht mal, ob das alles stimmt.«

»Anastasia, ich kenne deinen Mann von früher, und er war wirklich übel. Prügeleien mit der Polizei. Hoher Alkoholkonsum, bei dem er immer aggressiv wurde und auch unberechenbar.«

Vivi hielt inne. Anastasia beobachtete, wie sie mit sich kämpfte. Sie erkannte, dass Vivi etwas sagen wollte, und sie ahnte, was das war. In ihr flammte das Bedürfnis auf, sich wie ein Kind die Ohren zuzuhalten und laut zu singen. Aber Vivi beendete ihren Satz so schnell, dass Anastasia nicht weghören konnte.

»Ich weiß sicher, dass er sie vergewaltigt hat, weil ich die Fotos gemacht habe.«

Die Worte schwebten zwischen ihnen im Raum.

Minutenlang starrten sie auf die Fotos.

Schließlich durchschnitt Anastasia die Stille: »Genug jetzt.« Mehr sagte sie nicht. Sorgsam packte sie die Fotos zusammen, doch Vivi stand ruckartig auf und riss sie ihr aus der Hand, fasste sie am Handgelenk.

»Du musst realisieren, dass dein Mann kein scheiß Heiliger ist. Schau dir die Fotos an. Das ist Maik, wie er sie fickt, und sie wollte das nicht.« Mit jedem Wort wurde ihre Stimme hysterischer, und Anastasia bekam plötzlich eine unerklärliche Angst vor der Frau, die sie mit in ihre Wohnung genommen hatte.

»Wenn du die Fotos angeblich gemacht hast, wieso hast du nichts getan? Warum hast du zugeschaut? Wieso bist du nicht zur Polizei gegangen?« Die Fragen sprudelten nur so aus Anastasia heraus, und Vivi wich die Farbe aus dem Gesicht.

»Sie lag nur da ...«, stammelte Vivi, und Tränen sammelten sich in ihren Augen. »Dass sie es nicht wollte, wusste ich in diesem Moment nicht. Ich war sauer auf sie und kam erst rein, als sie sich nicht mehr gewehrt hat. Niemand hat mich bemerkt. Und die Fotos hab' ich gemacht, um sie zu erpressen. Sie sollte den Kontakt zu Maik abbrechen, weil er Gift für unsere Freundschaft war. Er hat alles kaputt gemacht.« Sie fing an, zu weinen. »Er hat einfach alles kaputt gemacht.«

Anastasia fühlte sich wie eine riesengroße Idiotin, da sie genau wusste, dass sich nicht jede Frau mit Händen und Füßen wehrte, weil die Kraft und der Mut fehlten oder die Angst einfach zu groß war. Oder auch weil in unserer Gesellschaft eins vermittelt wurde: Sex zu haben, gehörte dazu, und jemand, der schon Sex hatte, wusste, wie es ging. Es wurde außer Acht gelassen, dass die meisten Männer Sex aus frauchenverachtenden Pornos lernten. Dabei wurde vernachlässigt, jungen Mädchen zu sagen: »Du darfst Nein sagen. Zu warten, ist nicht schlimm. Du verpasst nichts.«

Auch Anastasia hatte in der Schule erklärt bekommen, wie man verhütete und wie Babys entstanden, aber niemand hatte ihr jemals ernsthaft beigebracht, was Selbstbestimmung bedeutete. Das wurde ihr plötzlich klar.

Vivi sagte kein Wort. Sie beobachte nur, wie Anastasias heile Welt wie ein Kartenhaus in sich zusammenbrach, als sie realisierte, dass sie es sich nicht länger schönreden konnte. Als sie erkannte, dass ihr Mann tatsächlich eine Minderjährige vergewaltigt hatte. Die Tatsache, dass sich Sterni umgebracht hatte, hing wie eine schwarze Gewitterwolke über ihnen und drohte, jeden Moment zu explodieren.

Eine gefühlte Ewigkeit saßen sie nur da, schwiegen sich an. Schließlich fand Anastasias Hand die von Vivi, drückte sie ganz fest und zeigte ihr damit: »Du bist nicht allein.«

»Wir werden zur Polizei gehen«, beschloss Anastasia. »Das bin ich nicht nur Sterni, sondern auch mir schuldig.«

»Wie meinst du das?«

»Vor Maik hatte ich eine wirklich beschissene Beziehung.« Anastasia wusste nicht, warum sie Vivi das erzählte. Niemand wusste davon außer Maik. Aber Vivi und sie saßen irgendwie im selben Boot, und es fühlte sich richtig an. »Sergej, mein Ex, hat mich regelmäßig verprügelt. Er war wirklich das Böse in Person.« Dann erzählte sie Vivi alles über ihre Beziehung und wie sie da rausgekommen war.

»Du bist wirklich stark«, kommentierte Vivi, als Anastasia fertig erzählt hatte.

Ein Grinsen huschte Anastasia über die Lippen, doch es verschwand sofort wieder. »Und trotzdem habe ich ihn nie angezeigt, aus Angst, mir würde niemand glauben. Ich denke, deiner Freundin Sterni ging es ähnlich.«

Vivi nickte. »Außerdem ist schon so viel Zeit vergangen.«

Die Erkenntnis traf Anastasia wie ein Schlag. Plötzlich wusste sie, was zu tun war.

»Wir werden zur Polizei gehen«, wiederholte sie, »und wir werden dort nicht nur Maik, sondern auch Sergej anzeigen. Damit werden wir allen Frauen da draußen signalisieren: »Auch wenn es sicherlich optimaler wäre, seinen Täter direkt anzuzeigen, so ist es immer noch besser, ihn Jahre später anzuzeigen als niemals.« Sie packte das Paket zusammen und nahm es mit sich in den Flur, wo sie nach ihrer Tasche suchte. Dann rief sie nach Vivi, die noch im Wohnzimmer saß: »Kommst du?«

Teil neun

Ratte

Es war kurz vor fünf, dieser verfluchte Scheißkerl hatte also gleich Feierabend. Ratte inhalierte gierig den Rauch seiner glühenden Zigarette und beobachtete anschließend die Schwaden, die er ausatmete. Dann fixierte er wieder die Tür von dem Gebäude, in dem sich Maiks Atelier befand. In Hannover hatten seit ein paar Tagen Gerüchte darüber kursiert, dass Maik damals wegen Sterni weggezogen war – und dann war die Nachricht gekommen, die alles verändert hatte. Sternis Freundin Ju hatte ihn angerufen: Sterni hatte sich vor zwei Wochen umgebracht, war eine Brücke runtergesprungen. Sie hatte ihm noch irgendwas erklären wollen, doch Ratte hatte direkt aufgelegt. Blind vor Wut und Trauer war er zum Bahnhof gerannt und sofort in den nächsten Zug nach Berlin gestiegen. Jahrelang war Maik einer seiner besten Freunde gewesen und dann war er abgehauen ohne ein Wort, ohne Erklärung. Das würde er jetzt nachholen müssen und diesmal würde er nicht entkommen können. Außerdem hatte Maik in Rattes Augen jedes Recht, von ihrem Tod zu erfahren – egal, ob er sich nun verpisst hatte oder nicht.

Ratte starrte wie gebannt auf die Tür, als würde Maik dadurch schneller rauskommen. Je länger er starrte, desto wütender wurde er. Als sie sich schließlich öffnete und Maik nach draußen trat, musste sich Ratte zusammenreißen.

Mit großen Schritten trat er auf Maik zu. Dieser sah ihn an, als wäre er ein Geist.

»Kein Geist. Nur ich. Aus Fleisch und Blut«, scherzte Ratte, und kurz darauf lagen sich die beiden in den Armen.

»Scheiße, was machst du denn hier?«

»Schlechte Nachrichten aus der Heimat bringen. Dachte, dich interessiert's.«

Schlagartig verfinsterte sich Maiks Miene, und mit einem Mal wurde Ratte klar, wie undurchdacht seine Idee war. Maik aus seinem neuen Alltag zu reißen. Ihn von Sternis Tod zu erzählen. Was hatte er davon? Aber vielleicht ging es hier auch gar nicht um Maik. Ratte brauchte einen Freund in dieser dunklen Stunde.

»Sag an!«, brummte Maik. Er wirkte kühl.

»Nicht hier. Lass uns irgendwo hingehen, wo wir unsere Ruhe haben.«

Maiks Blick sah besorgt aus, doch er willigte ein. Schweigend gingen sie nebeneinander her.

»Hier in der Nähe ist eine Bar, da bin ich manchmal

nach Feierabend«, erklärte Maik.

Ratte war es gleich, wo sie hingingen.

Als sie in die nächste Straße einbogen, entdeckte er bereits von weitem eine Bar, die so sehr *Punkrock* schrie, dass er direkt ahnte, weshalb sich Maik hier wohlfühlte, auch wenn sein Äußeres inzwischen den Spießern ähnelte, die sie früher gemeinsam verabscheut hatten. Drinnen suchten sie sich einen Tisch, bestellten zwei Bier und schwiegen sich weiter an, bis sie die Hälfte ihrer Flaschen ausgetrunken hatten. Sie mussten ein seltsames Bild abgeben: der Assi und der Geschäftsmann.

»Alter, ich weiß echt nicht, wie ich anfangen soll. Hm. Ich falle einfach mit der Tür ins Haus: Sterni ist … tot.«

Maiks Miene veränderte sich, doch Ratte tat sich schwer damit, sie zu deuten. Entsetzen war da jedenfalls keins. Eher: Schuldgefühle? Trauer? Oder war das der Schock, von dem immer alle sprachen?

Maik grübelte. Die kleine Falte zwischen seinen Augenbrauen hatte er schon damals. Ratte merkte sich solche Details immer. Menschen faszinierten ihn.

Vorsichtig legte er seine Hand auf die von Maik, die auf dem Tisch neben der Bierflasche ruhte. Ein Versuch, ihn zu trösten.

Doch er war eigentlich hier, um eine Erklärung zu bekommen. Um endlich zu erfahren, wieso Maik weggezogen war.

Als Maik jedoch seine Hand wegzog, wusste er, dass er nicht sofort Antworten bekommen würde.

»Wie ist sie gestorben?«, wollte Maik wissen.

»Von einer Brücke gesprungen.« Ratte beobachtete Maiks Blick genau.

»Wann?«

»Weiß ich nicht genau. Vor zwei Wochen etwa.« Ratte merkte, wie dumm es gewesen war, Ju keine weiteren Fragen zu stellen. Andererseits funktionierte Trauer so, und der Schock ließ einen manchmal irrational handeln.

»Wie ging es ihr denn?«, wollte Maik weiter wissen. »Ich hab' die Kleine vermisst.«

»Wieso bist du dann abgehauen?«

»Ich musste.«

»Wieso?« Ratte beugte sich über den Tisch, doch Maik starrte ihn nur an.

»Ich geh kurz pissen«, log Ratte, weil er merkte, dass das zu nichts führte, und ging in die Toilettenräume. Nahm die erste Kabine, machte den Klodeckel zu und setzte sich drauf. Dann griff er nach seinem Handy und rief Ju an. Glücklicherweise nahm sie direkt nach dem zweiten Tuten ab. »Ju? Es tut mir leid, dass ich vorhin einfach aufgelegt habe. Ich habe tausend Fragen.«

»Hey, das ist doch in Ordnung. Ich wollte dir auch keinen Schrecken einjagen. Frag.«

»Wann? Wo? Wieso? Weiß man mehr?«

»Vor etwa zwei Wochen. In Berlin, eine Autobahnbrücke. Sie hat mir einen Brief hinterlassen ...« Ratte hörte sie am anderen Ende der Leitung schlucken. »Wie viel weißt du über Maik und Sterni?«

Die Frage traf Ratte. Nicht nur, weil Maik praktisch nebenan auf ihn wartete, sondern auch, weil er all die Jahre nie herausgefunden hatte, was damals wirklich vorgefallen war. Er hatte eine unerfüllte Liebesgeschichte zwischen Maik und Sterni vermutet.

»Nicht viel«, gab er schweren Herzens zu, um endlich die Wahrheit zu erfahren. Inzwischen ahnte er, dass er diese von Maik nicht bekommen würde.

Ju begann, zu erzählen: »Alles fing damit an, dass Maik Sterni nach einem Festival vergewaltigt hat.« Ratte riss den Mund auf – er dachte, sich verhört zu haben, doch Ju erzählte weiter: »Sterni hat jahrelang nicht realisiert, dass sie keine Schuld traf. Dann hat sie ihn vor fünf Wochen konfrontieren wollen. Ich habe ihr gesagt, sie soll zur Polizei gehen. Es gibt Beweisfotos, Sterni hat sie sogar Maiks Frau in einem Päckchen geschickt. Aber sie wollte Rache und fuhr nach Berlin. Dort hat sie sich dann schließlich ... Ich weiß auch nicht genau, was zwischen der Konfrontation und dem Selbstmord passiert ist. Drei Wochen lagen dazwischen. Ich habe nichts von ihr gehört. Aber du kennst sie, manchmal brauchte sie ihre Ruhe.«

Ratte drehte sich der Kopf. So viele Informationen und sie machten keinen Sinn. Er schwieg.

»Ratte?«, fragte Ju schließlich.

»Was bedeutet das? Hat sie sich wegen ihm umgebracht?« Ratte hörte die Tür zu den Toilettenräumen zuschlagen. Ein Räuspern. »Ich lege auf Ju. Melde mich später.«

Als er aus der Klokabine trat, stand Maik am Stehklo.

»Mit wem hast du telefoniert?«, fragte er betont beiläufig.

»Einer Freundin von Sterni«, blieb Ratte bei der Wahrheit.

»Und was sagt sie?« Maik fixierte Ratte.

Dieser überlegte – entschied jedoch, dass das hier kein Ort für eine Konfrontation war. Außerdem fehlten ihm die Beweisfotos, deswegen log er: »Sterni hatte wohl Streit in der Familie.«

Maik nickte.

Zurück am Tisch tranken die beiden Männer ein letztes Bier.

»Kann ich bei dir pennen?«, fragte Ratte. Er musste mit Maiks Frau sprechen, er brauchte diese Fotos.

Maik überlegte – und zu Rattes Überraschung willigte er ein.

In der U-Bahn holte Maik sein Handy aus der Hosentasche, und Ratte glotzte schamlos auf das Display. Maik schrieb gerade an Anastasia: *Schatz, du musst zu einer Freundin fahren. Ratte ist in Berlin. Und er droht mir. Muss das klären. Kuss.*

Wenn Ratte eines über Maik wusste, dann dass er großartig darin war, Tatsachen zu verdrehen. Aber warum belog er seine Frau? Ratte entschied, seine Gedanken vorerst für sich zu behalten, auch wenn er Maik zu gern direkt damit konfrontieren würde. Vielleicht hätte er ja Glück, und Anastasia hörte nicht auf ihren Mann oder las die Nachricht einfach nicht. Allerdings hatte sie die Beweisfotos offenbar noch nicht zur Polizei gebracht, sonst würde Maik nicht mehr frei rumlaufen. Oder?

Die U-Bahn hielt in einem schicken Viertel Berlins, das erkannte Ratte an dem Namen der Haltestelle, und sie stiegen aus.

»Ey, Penner!«, rempelte ihn auf der Rolltreppe jemand an.

Ratte drehte sich um. Früher war nie klar gewesen, ob er oder Maik gemeint war, doch nun war es offensichtlich: Er mit Lederjacke und zerrissenen Jeans, Maik im feinen Anzug. Zu seiner Überraschung erwachte Maik aus seiner Starre und pöbelte zurück. Da war er ja, sein alter Freund. In diesem Moment war sich Ratte sicher, dass Maik ihm heute gestehen würde, weshalb er aus Hannover abgehauen war. Wenn auch unabsichtlich. Er würde ihn nur genug provozieren müssen.

Ein paar Minuten später steckte Maik den Schlüssel ins Schloss. Er hatte während des Fußmarschs und im Treppenhaus bestimmt zwanzig Mal auf sein Handy geschaut, und sein Blick verriet Ratte, dass Anastasia hinter dieser Tür wartete, sollte das Schicksal sie nicht irgendwie anders aus der Wohnung gelockt haben.

Maik bestätigte das: »Pass auf, meine Frau weiß nicht alles, was früher passiert ist. Wenn wir da gleich reingehen, behalte die Geschichten bitte für dich. Ich will nichts von Verfolgungsjagden mit den Bullen und auch nichts von dem Sonnenbrand auf meinem Schwanz beim Festival hören, verstanden? Sie ist zart besaitet und einfach anders als wir alle früher.«

»Schon gut, du willst sie schützen«, presste Ratte hervor. In Wahrheit war jedoch nichts gut, denn Ratte ahnte von Sekunde zu Sekunde mehr, dass es gleich eskalieren würde. Maik wollte ihn doch nicht nur wegen peinlicher Geschichten schweigend sehen.

Maik drehte den Schlüssel um. In dem Moment, als er die Tür öffnete, schob sich Ratte an ihm vorbei in die Wohnung. Er wusste, dass das unfreundlich war, aber er hatte Stimmengewirr vernommen und eine dieser Stimmen war ihm vertraut. Ratte kannte sie, weil sie unverkennbar zu der Person gehörte, die er seit Sternis Tod vergebens versucht hatte, zu erreichen.

»Vivi!«, platzte es aus Maiks und Rattes Mündern fast gleichzeitig raus.

Ratte begann, zu zittern, und ein Blick zu Maik genügte, um zu erkennen, dass auch dieser alle Muskeln anspannte. Er machte sich bereit, Maik zurückzuziehen.

Dass zwischen ihm und Vivi nie gute Stimmung geherrscht hatte, lag auf der Hand. Maik und Sterni waren zwischenzeitig so unzertrennlich gewesen, dass Vivi wie das dritte Rad am Wagen gewesen war.

Ratte ahnte, welche Wut er auf sie haben musste. Neben Vivi stand eine wunderschöne Frau, die viel zu reif und gebildet für Maik aussah. Mit großen Augen sah sie zwischen den Anwesenden hin und her. Ihr Blick war glasig, das Make-up zerlaufen.

Ratte zuckte zusammen, als Maik neben ihm aufschrie: »Scheiße, Vivi, hast du meine Frau abgefüllt? Schatz, was hat sie dir gegeben?«

Anastasias leerer Blick füllte sich mit Wut. »Jetzt tu doch nicht so, ich sauf seit zwei Wochen wieder! Nur weil du wegschaust, macht es das nicht ungeschehen.« Die Stille im Raum war greifbar. Alle starrten auf Anastasia, die ein Paket auf dem Arm hielt. Offenbar wollten die Frauen gerade los. Als Maik es an sich riss, realisierte Ratte, was der Inhalt sein musste.

Anastasia griff nach dem Arm ihres Mannes, doch Maik schlug ihre Hand weg. Er stürmte Richtung Tür. Rattes Gehirn fand wieder Zugang zum restlichen Körper, und er stürzte hinterher.

»Du scheiß Wichser, was hast du getan? Wann verrätst du mir endlich die Wahrheit?«

Aber Maik rannte die Stufen runter. Nahm drei auf einmal. Ratte folgte ihm. Er bekam Maiks Arm zu fassen, der taumelte und das Paket fallen ließ. Als Ratte danach greifen wollte, trat Maik ihn weg. Der Schmerz in seinen Rippen ließ Ratte aufschreien. Er sammelte seine Kräfte und stand auf, bekam Maik erneut zu greifen, schlug ihm ins Gesicht – und das Blut aus seiner Nase spritzte auf Rattes Wangen. Das Paket fiel zwischen die beiden, und Maik rannte weg. Ohne das Paket.

Ratte war aus der Puste. Die scheiß Raucherei. Er musste kurz stehen bleiben und atmen, doch genau in den zwei Sekunden, die er dafür brauchte, verschwand Maik hinter einer Ecke.

Ratte klemmte das Paket unter seinen Arm und lief kopflos hinterher, doch Maik war weg.

Ratte brüllte, und all der Schmerz über den Verlust seiner Freundin und die Erkenntnis über das wahre Gesicht seines Freundes brachen über ihm zusammen. Er fiel auf die Knie, die auf dem harten Boden aufschlugen, doch es war ihm egal.

In ihm tobten Wut und Verzweiflung. Maik und er hatten schon viel Scheiße zusammen erlebt.

Das kann ich dir nicht verzeihen, dachte er.

Er spürte irgendwann die Anwesenheit von Anastasia und Vivi. Doch er starrte weiter auf seine Knie, die sich vom Blut färbten.

»Wir haben die Beweise.« Anastasias Stimme klang erleichtert.

»Ich würde vorschlagen«, sagte Vivi, »dass wir die

direkt zur Polizei nach Hannover bringen. Wenn wir morgen früh einen Zug nehmen, werden wir auch rechtzeitig zur Beerdigung mittags da sein.«

Ratte nickte nur. Es fühlte sich unwirklich an, wie ein böser Alptraum, aus dem er nicht erwachen konnte.

TEIL ZEHN

Maik

NACHDEM MAIK WIE ein Kind aus seiner eigenen Wohnung vor seinem ehemals besten Freund weggelaufen war, irrte er seit mehreren Stunden kopflos durch Berlin. Er wollte nicht realisieren, dass seine Vergangenheit und sein schlimmster Fehler ihn eingeholt hatten.

Anastasia hatte so verletzt ausgesehen und so fehl am Platz zwischen Ratte und Vivi. Er hätte sie am liebsten mitgenommen und fühlte sich wie ein riesengroßer Verräter, weil er es nicht getan hatte. Stattdessen hatte er sie bei seiner Flucht zurückgelassen. Doch hätte sie überhaupt mitgewollt? Maik wusste es nicht. Er hatte immer vorgehabt, ihr irgendwann die Wahrheit zu sagen. Aber wie sagte man jemandem, dass man eine der schlimmsten Straftaten begangen hat, die man sich vorstellen kann? Zwischenzeitig hatte er es sogar selbst verdrängt, sich schöngeredet. Doch alles war anders, seitdem Sterni die Umschläge an die Tür seines Ateliers geklebt hatte. Er hatte keine ruhige Minute mehr in seinem Kopf. Sein schlechtes Gewissen ließ ihn nicht schlafen, nicht arbeiten, sich nicht konzentrieren. Anastasia hatte nichts gemerkt, weil er viele Überstunden im Atelier gemacht hatte, bei denen er aber weniger Hemden entworfen und mehr Hochprozentiges getrunken hatte. Er hatte tatsächlich gedacht, damit durchzukommen. Wie naiv er gewesen war. Die Polizei war ihm zwar bisher nicht auf die Schliche gekommen, doch das würde sich wohl jetzt bald ändern. Wie Anastasia mit dem Paket auf dem Arm neben Vivi gestanden hatte, ließ keinen Zweifel daran zu, was sie vorhatte. Aber glaubte seine Frau diesen Fremden einfach so? Müsste sie nicht zu ihm halten?

Reiß dich am Riemen, ermahnte sich Maik, *du benimmst dich lächerlich*. Die Beweise sind eindeutig und eben diese hatte er an Ratte verloren.

Maik kramte sein Handy raus. Inzwischen war es weit nach Mitternacht. Kein Anruf von Anastasia, keine Nachricht. Das konnte nichts Gutes bedeuten. Ob er es wagen sollte, sie anzurufen? Er wischte auf dem Display hin und her, dabei fiel ihm eine App ins Auge, die er am Anfang ihrer Beziehung heimlich auf ihrem Handy installiert hatte. Damals hatte sie ihm gerade von ihrem Exfreund erzählt, und Maik hatte Sorge, dass sich dieser Wichser wieder bei ihr melden könnte. Um Druck zu machen. Sie zu erpressen. Daher hatte er regelmäßig ihre Textnachrichten, E-Mails und Anrufe kontrolliert. Um sie zu schützen, natürlich. Wieso konnte er sie nicht vor seiner eigenen Vergangenheit beschützen?

Kurzentschlossen tippte Maik das Icon an, und die App öffnete sich. Ob sie noch funktionierte?

Nach einer quälend langsamen Animation des Ladebildschirms hatte Maik Zugriff auf Anastasias Handy. Ein kurzer Blick auf das Datum verriet ihm: Alle Daten waren aktuell.

In ihren Textnachrichten fand er nichts, und auch die Anruferliste war seit gestern nicht aktualisiert worden. In ihren E-Mails fand er jedoch eine Bestätigung für eine Zugverbindung nach Hannover. Er warf einen genaueren Blick darauf und erkannte schnell, dass seine Frau nicht nur ein, sondern drei Tickets gekauft hatte. Für den Zug morgen früh um kurz nach acht.

Er hielt es nicht aus und rief Anastasia an. Quälend lange erklang das Freizeichen, bis sie abnahm.

»Maik?« Sie flüsterte.

»Schatz. Ist alles gut bei dir? Geht es dir gut? Haben Ratte und Vivi dich zu etwas gezwungen?« Seine Stimme überschlug sich beinahe.

»Alles gut. Aber ich glaube, sie würden nicht wollen, dass wir miteinander reden. Ich bin im Bad.«

»Schleich dich raus. Komm zu mir.«

»Wo bist du?«

Maik schwieg. Was, wenn das eine Falle war? Jetzt konnte er nicht mal seiner Ehefrau vertrauen.

»Maik, du musst mir das nicht sagen. Ich werde auch

nicht zu dir kommen. Beantworte mir nur bitte eine Frage: Hast du Sterni damals vergewaltigt? Bitte sei endlich ehrlich zu mir.«

»Ich möchte dir das erklären.«

»Beantworte die Frage: Ja oder nein?«

Maik schluckte. »Ja ...«

»Mehr muss ich nicht wissen. Wir werden morgen früh zu ihrer Beerdigung fahren. Im Anschluss werde ich die Beweise zur Polizei bringen und ihnen sagen, dass ich nicht weiß, wo du bist, denn das ist die Wahrheit. Danach fahre ich nach Berlin zurück. Ich werde die Scheidung einreichen und ich möchte, dass du dich nie wieder bei mir meldest. Es ist vorbei.«

»Nein!«, schrie Maik in den Hörer. »Du darfst mich nicht verlassen. Bitte ... du darfst unsere Ehe nicht wegwerfen wegen etwas, das vor fünf Jahren passiert ist. Ich war da ein anderer. Wir kannten uns noch nicht.«

Anastasias Stimme zitterte. »Wie könnte ich dir jemals wieder vertrauen?«

Im Hintergrund hörte er, dass jemand an die Badezimmertür klopfte. Lautstark. Dann vernahm er Rattes Stimme. »Mit wem sprichst du da? Ist das Maik? Mach die Tür auf!« Maik hörte ein leises Klicken und wusste, dass Anastasia die Tür geöffnet hatte.

»Schatz, überleg es dir«, bat er sie eilig. »Ich werde morgen Nachmittag in Hannover im botanischen Garten auf dich warten. Ruf mich an, wenn du dort bist.«

In dem Moment hörte er ein Rascheln, und Rattes Stimme schrie in sein Ohr: »Du verfluchter Bastard! Komm sofort in deine Wohnung zurück, damit ich dich eigenhändig erwürgen kann.«

Maik legte auf. Bevor er sein Handy ausschaltete, schickte er Anastasia eine Nachricht. Darin nur ein Smiley von einem Kaktus. Sie liebte die Kakteenhäuser in botanischen Gärten und so wusste sie, wo sie ihn finden konnte.

Danach suchte er sich ebenfalls eine Zugverbindung nach Hannover raus. Einen Zug früher, damit er den anderen nicht begegnete. Er würde am Hauptbahnhof versteckt auf sie warten und ihnen zur Beerdigung folgen.

Ein letzter Abschied. Das war er Sterni irgendwie schuldig.

Die Zeremonie war traurig und sehr ergreifend. Das konnte Maik aus seinem sicheren Versteck in der Ferne beobachten. Er fand ebenfalls ein paar Worte des Abschieds und murmelte sie für sich.

Als er erkannte, dass sich die Trauernden in alle Richtungen verstreuten, eilte auch Maik los. Er musste zum botanischen Garten gelangen. Noch hatte er die Hoffnung nicht aufgeben, dass Anastasia ihn dort treffen würde. Vielleicht würden sie gemeinsam abhauen, sobald sie fern von Rattes und Vivis Einfluss war

Das Klima im Kakteenhaus war ein ganz anderes als draußen, und die Wärme legte sich auf Maiks zitterndes Herz. Endlos lange wartete er, und jedes Mal, wenn sich die Tür öffnete, hoffte er, Anastasia zu erblicken. Doch sie kam nicht. Das Vibrieren seines Handys in seiner Hosentasche klang unnatürlich laut in der Stille des Gewächshauses. Eine Nachricht von Anastasia.

Ich kann dir nicht verzeihen.

Maik sackte in sich zusammen. Das Warten war umsonst gewesen. Wohin sollte er jetzt gehen? Ohne Anastasia machte sein Leben keinen Sinn. In diesem Moment wurde die Tür aufgerissen, und schwere Schritte rannten auf Maik zu.

»Maik Hobel, Sie sind wegen Missbrauchs einer Minderjährigen verhaftet. Sie haben das Recht, zu schweigen.«

Maik starrte in das Gesicht der Beamten.

Sterni hätte das Timing gefallen.

An manchen Tagen konnte Maik Hobel sein Pech nicht fassen. Er saß in der JVA Berlin, hatte sein kleines, aber erfolgreiches Modebusiness aufgeben müssen und liebte eine wundervolle Frau namens Anastasia, die ihn verlassen hatte. Hätte man ihm das vor fünf Wochen erzählt, hätte er wohl nur gelacht. Doch jetzt, nachdem sein Geheimnis ans Tageslicht gekommen war, meinte es das Leben nicht mehr gut mit ihm. Sein Mittwoch startete wie immer mit dem Krach der Wärter und der bitteren Erkenntnis, dass er immer noch in diesem Loch steckte. Wie jeden Tag holte er sich im Essraum Ei und Toast ab. Schenkte der netten Aushilfe ein Lächeln. Ein unschuldiges – schließlich war er nicht mehr verheiratet, hing aber noch an seiner Ex. Bei dem Gedanken könnte er jedes Mal heulen.

Das war nun sein Leben.

ALLES WIRD SICH *verändern*

TEIL ELF
Maik

Ein Jahr später

SCHWEISSGEBADET WACHTE MAIK auf und saß kerzengerade in dem Bett seiner Gefängniszelle. Obwohl er jetzt bereits seit fast einem Jahr seine Strafe absaß, verfolgten ihn die Alpträume jede Nacht aufs Neue.

Er träumte von Sterni, die sich eine Brücke runterstürzte und schließlich in den Nachthimmel flog. Und er träumte von Anastasia. Von dem Moment, als sie ihn das erste Mal nach der Inhaftierung besucht und ihm mitgeteilt hatte, dass sie die Scheidung beantragt hatte. Ein Satz hatte sich in seinen Kopf eingebrannt: »Ich darf dich nicht mehr lieben. Mein Herz sagt ja, doch mein Kopf sagt nein.«

Da er aufgrund einer Sexualstraftat fünf Jahre absitzen musste, war sie mit einem Härtefallantrag durchgekommen, sodass ihre Ehe sofort beendet worden war. Und aus dem Gefängnis hatte er nicht mal um sie kämpfen können.

Maik hatte Briefe an ihre alte Wohnung geschickt, doch die waren als unzustellbar zu ihm zurückgekommen. Dann hatte er Post an den Blumenladen gesendet, die mit der Notiz, dass der Laden den Besitzer gewechselt habe, dieser mittlerweile ein Schuhgeschäft sei und sie dort keine Anastasia kennen würden, an ihn zurückgegangen war. Nun hatte er keinen weiteren Anhaltspunkt, keine Idee, wie er seine Frau zurückgewinnen könnte. Und an nichts anderes konnte Maik denken, seit er sie zuletzt gesehen hatte.

Er hörte ein Klicken in der Tür, und ein Wärter schloss die Zelle auf. Maiks Bauch grummelte bereits, und er stand gemächlich auf, um zum Frühstücksraum zu gehen. Auch wenn es im Gefängnis echt scheiße war, so hatte er es sich deutlich schlimmer vorgestellt. Er verhungerte nicht, konnte sogar Sport machen und gelegentlich lesen. Doch die tägliche Einsamkeit zerfraß ihn, und er vermisste Anastasia so sehr, dass es ihm die Luft abschnürte.

Maik hatte gerade den letzten Bissen runtergeschluckt, da packte ihn eine Hand an der Schulter. »Hobel. Du hast heute Besuch.«

Maik sah den Wärter verwundert an. Er hatte seit Anastasias Besuch kurz nach der Inhaftierung keinen mehr gehabt. Abgesehen von dem seines Anwalts.

Maik nickte dem Wärter zu und folgte ihm.

Als er vor der Tür zum Besucherraum stehen blieb, überkam ihn leichte Übelkeit. Bilder einer wütenden Anastasia tauchten in seinem Kopf auf. Ob sie hier war? Vielleicht vermisste sie ihn genauso sehr wie er sie.

»An die Wand, Beine auseinander«, befahl der Wärter ihm.

Maik kannte das Spiel, trotzdem zuckte er zusammen, als der Wärter zwischen seinen Schenkeln nach Waffen tastete. Bei seiner ersten körperlichen Untersuchung im Gefängnis hatte der zuständige Beamte gelacht und gesagt: »Für einen, der ,ne Minderjährige gefickt hat, biste aber ganz schön empfindlich.«

Das war er hier. Einer, der eine Minderjährige gefickt hatte. Nicht mehr und nicht weniger. Reduziert auf seine Tat, die inzwischen sechs Jahre zurücklag.

Mit einem Piepen öffnete sich die schwere Stahltür zum Besucherraum, und Maik passierte sie nach dem Wächter. Er scannte schnell die Sitzgruppen ab, in der Hoffnung, Anastasia zu erblicken, doch diese wurde erstickt, als er in Rattes schäbiges Gesicht schaute. Ein Teil von ihm wollte sich umdrehen und dem Gespräch ausweichen, doch Maik hatte seit Ewigkeiten keinen Kontakt mehr zur Außenwelt gehabt. Also ging er langsam auf Ratte zu, den Schatten des Wärters stets neben sich, und setzte sich ihm gegenüber auf den Stuhl.

Die beiden beobachteten sich zunächst schweigend.

»Na, wie geht's so?«, durchbrach Ratte die Stille.

»Wie soll es mir schon gehen? Warum bist du hier?«, erwiderte Maik forsch, doch Rattes Blick blieb unberührt. Natürlich, schließlich stand nur wenige Meter entfernt ein Bulle, der alles mithörte. Da kamen Morddrohungen nicht so gut. Ratte musste seine Gedanken aber gar nicht aussprechen. Sie brodelten so laut in seinem bunten Kopf, dass Maik sie trotzdem hören konnte.

»Sternis Vater hat unter den Dielen ihres Zimmers ein Tagebuch gefunden. Stand nicht viel drin, aber das, was sie reingeschrieben hat, ist heftig. Er hat mich gebeten, es dir zu geben.«

»Mir?« Maik zog eine Augenbraue nach oben.

»Er meinte, dass du selber lesen sollst, was du angerichtet hast. Dass deine Reue bisher eher klein ausfällt. Er denkt, dass du dir die nächste Frau gegen ihren Willen schnappst, wenn du in vier Jahren rauskommst. Du sollst endlich verstehen und bereuen.«

Maik schnaubte. Er war seiner Freiheit beraubt, natürlich bereute er.

Als könnte Ratte seine Gedanken nicht nur lesen, sondern auch noch übersetzen, erwiderte er kopfschüttelnd: »Nein, Maik, nicht die Reue, erwischt worden zu sein. Nicht dein Selbstmitleid darüber, in diesem Loch hier festzustecken. Ich spreche von echter Reue und der Erkenntnis, was du Sterni angetan hast. Nicht nur die Vergewaltigung, sondern auch der Suizid.«

Maik starrte die Tischplatte an. Tausende Kerben zogen sich durch das alte Holz, hinterlassen von tausenden Gefangenen, die hier genau solche Unterhaltungen geführt und währenddessen ihre Fingernägel in die Platte gebohrt hatten. Er könnte Ratte von seinen Alpträumen erzählen. Könnte versuchen, seinen alten Freund zurückzugewinnen. Doch er traute sich nicht. Stattdessen fragte er: »Wo ist das Tagebuch?«

»Habe es vorn abgeben müssen. Die kontrollieren es erst. Du bekommst es dann wohl später.«

Maik nickte nur. »Und bei dir so?« Irgendwie genoss er es, ein Gespräch mit jemandem zu führen, der nicht in diesem Gebäude lebte oder arbeitete.

»Läuft schon alles.«

Maik erkannte die Lüge in seiner Stimme sofort. »Was ist los, Ratte?«

»Sie fehlt mir einfach so sehr. Jeden verdammten Tag.«

Am Abend kam eine Wärterin in Maiks Zimmer und schmiss ihm wortlos ein kleines Notizbuch aufs Bett. Er konnte an ihrem Blick sehen, dass sie den Inhalt gelesen hatte. Obwohl Maik noch nicht mit Sicherheit wusste, was genau Sterni alles aufgeschrieben hatte, so konnte er es sich denken. Allein die Vorstellung trieb ihm eine Gänsehaut auf die Arme.

Wollte er das Tagebuch überhaupt lesen?

Andererseits hatte er die nächsten Jahre auch nichts anderes zu tun. Auch wenn er es nicht zugeben wollte, er hatte sich bisher wirklich wenig damit auseinandergesetzt, was seine Handlungen für Sterni bedeutet hatten. Aus Selbstschutz hatte er keinen unnötigen Gedanken daran verschwendet. Aber war das fair?

Maik nahm das Notizbuch in die Hand. Es war schwarz-weiß gestreift, und Sterni hatte einige Sticker draufgeklebt.

›Antifa‹, ›Tiere streicheln, statt essen‹, ›Nazis boxen‹ …

Es war, als hielte er ein Stück ihrer Seele in den Händen. Vorsichtig öffnete er die erste Seite.

Eigentum von A./Sterni
Finger weg!

Maik grübelte. *Was für eine Ironie, dass ich mich erneut über diesen Wunsch von ihr hinwegsetzen werde,* dachte er und blätterte weiter.

[17.03.2006]

Liebes Tagebuch,

letzte Woche haben Vivi und ich ein paar Punks in der Stadt kennengelernt. Die sind echt gut drauf, und ich hab das Gefuehl, dass sich da wirklich Freundschaften entwickeln koennen. Mit Ratte kann ich so viel Bloedsinn reden und Maik bringt uns immer alle zum Lachen.

Morgen sehen wir uns wieder.

Sterni

PS: Ja, ich heiße jetzt Sterni. Darum auch das neue Tagebuch.

[25.03.2006]

Liebes Tagebuch,

upps, jetzt hab ich eine Woche gar nichts geschrieben. Das lag daran, dass wir alle jeden Tag unterwegs waren.

Heute hab ich das erste Mal Bier gekauft. Hahaha, der Idiot an der Kasse hat nicht gecheckt, dass ich erst vierzehn bin.

Na ja, notfalls waere Maik eingesprungen. Keine Ahnung, wie alt er ist. Aber auf jeden Fall schon weit ueber zwanzig - der Dinosaurier.

Vivi wurde nichts verkauft, das hat sie ganz schoen geaergert, immerhin ist sie fast sechszehn. Da hat Ratte uebernommen, der ist letzte Woche schon einundzwanzig geworden.

Ich glaub, Papa findet das nicht so witzig, dass ich mit Aelteren abhaenge, aber Jungs in meinem Alter sind soooo kindisch.

Sterni

[06.06.2006]

Liebes Tagebuch,

regelmaeßig Tagebuch zu schreiben ist wohl nicht so meins. Eigentlich hab ich auch gar nicht viel zu erzaehlen. Ich liebe meine zweite Familie. In den Momenten, in denen ich mit Vivi, Maik, Ratte und den anderen zusammen bin, ist alles einfach nur schoen.

Also, fast immer. Vivi spinnt momentan ein bisschen. Ist total eifersuechtig auf Maik. Dabei ist sie doch meine beste Freun-

din. Man kann doch aber mehrere Freunde gleich lieb haben. Hoffe, sie kriegt sich schnell wieder ein. Morgen ist ein mega Festival hier in der Naehe mit geilen Bands. Freue mich riesig drauf.
Sterni

[08.06.2006]

Alles ist kaputt.

Maik stockte. Er wollte nicht mehr weiterlesen, denn er ahnte, was ihn auf den nächsten Seiten erwarten würde. Es war seltsam, denn obwohl Sterni ihn bereits mit der Vergewaltigung konfrontiert hatte, konnte er sich kaum überwinden, darüber in ihrem Tagebuch zu lesen. Schließlich waren das hier ihre intimsten Gedanken, die sie sicher nicht für ihn aufgeschrieben hatte. Trotzdem zwang er sich, da er einsah, dass es keinen anderen Weg gab.

Alles ist kaputt.

Maik hat mich entjungfert. Ich wollte das nicht. Doch er hat mich ignoriert. Was mache ich denn jetzt? Mein Leben haengt an einem seidenen Faden, und wenn die

Sonne untergeht, wuensche ich, mit ihr unterzugehen.

[09.06.2006]

Mir tut alles weh. Beim Pinkeln brennt es, ich kann mich nicht beruehren. Es ist, als sei ich mir fremd. An meinen Schultern sind blaue Flecke, weil Maik mich so stark festgehalten hat. Haette ich doch nur mitgemacht, dann wuerde es mir jetzt bestimmt besser gehen.

Ich habe mich nicht genug gewehrt. Wer interessiert sich schon dafuer, wenn ich jetzt zur Polizei gehe? Es gibt schließlich Maedchen, denen ist viel Schlimmeres passiert. Maik hat immerhin ein Kondom benutzt. Allein die Vorstellung, ich koennte schwanger von ihm sein, verursacht in mir so starke Uebelkeit. Wer will da meine Geschichte hoeren? Diese Schmerzen sollen aufhoeren. Kann ich mich jemals wieder ansehen?

[12.06.2006]

Hab kaum gegessen. Ich fuehle mich so dreckig. Maik schreibt mir taeglich.
Alles okay, Kueken?
Lust, zu chillen?
Kleines, antworte mir.
Aber ich will ihm nicht antworten. Was sagt man denn zu einem Freund, der was getan hat, was man nicht wollte?
Vielleicht war ich auch nicht deutlich genug?
Sonst wuerde er mir ja nicht mehr schreiben?

(20.06.2006)

Ich hab seit drei Tagen nichts von Maik gehoert. Gehe heute zu ihm. Mache mir Sorgen. Bescheuert, oder?

Maik wusste, was nun kommen würde, denn er war zu dem Zeitpunkt schon auf dem Weg in seine neue Heimat gewesen. Nachdem Sterni seine Nachrichten nicht beantwortet hatte, hatte ihm gedämmert, dass er Scheiße gebaut hatte. Also war er abgehauen – für ihn die einzige logische Konsequenz. In Berlin hatte er dann die richtigen Leute kennengelernt, die seinen kreativen Kopf zu schätzen gewusst hatten, und schließlich hatte er sich durchs Designen von Hemden einen Namen gemacht.

[20.06.2006, später]

Maik war nicht da. Hab Sturm geklingelt. Irgendwann kam ein Nachbar raus, der sagte, er sei vor ein paar Tagen ausgezogen. Ist das sein Ernst?

[21.06.2006]

Nicht mal Ratte weiß, wo Maik steckt.

[27.10.2006]

Ich traeume seit fuenf Naechten denselben Traum:

Langsam steige ich einen Berg hinauf und die Aussicht ist fantastisch. Ich sehe ueber einen großen Wald, die Sonne geht unter. Und ploetzlich ist der Abhang zu meinen Fueßen eine steile Klippe. Ich wackle. Doch ich habe keine Angst. Dann lasse ich mich nach vorn fallen. Vor dem Aufprall wache ich jedes Mal auf. Was bedeutet das?

[20.12.2006]

Bald ist Weihnachten. Kann nur an ihn denken. Scheiß Wichser. Spuere ihn immer noch.

[18.01.2006]

Vivi hat heute die Schnittwunden auf meinen Armen gesehen. Sie meinte, ich soll aufhoeren, so eine Show abzuziehen. Aber ist es eine Show, wenn ich das fuer mich tue?

[04.05.2007]

Habe jemanden kennengelernt. Kaefer

nennt er sich. Er ist unfassbar sueß und lieb. Ich glaub, ich bin verknallt.

[10.05.2007]

Kaefer wollte heute ficken. Ich hab ihm gesagt, ich will noch nicht. Doch er meinte, das sei laecherlich, schließlich hab ich auch Maik gefickt. Keine Ahnung, woher er das hat.

Aber hat er recht? Muss ich mit ihm schlafen? Ich weiß es nicht.

Maik wurde übel. Ob das Vivi gewesen war? Sie war damals schließlich die Einzige gewesen, die vom Sex zwischen ihnen gewusst hatte. Nein, schlimmer, die es sogar fotografiert hatte. Nur dass sie damals nicht gesehen hatte, dass Sterni es nicht gewollt hatte. So wie Maik es nicht hatte sehen wollen.

[15.05.2007]

Ich hab mit Kaefer gefickt. Werde ihn verlassen. Es war echt scheiße. Ist Sex vielleicht immer scheiße? Und alle erzaehlen nur, wie geil sie es finden?

[29.09.2007]

Ewig nicht mehr hier reingeschrieben. Ich date jetzt Fabi. Fabi ist lieb und zwingt mich zu nichts.

[10.10.2007]

Hab mich mit Fabi gestritten. Irgendwie ist er mir zu langweilig. Weiß auch nicht.

[12.10.2007]

Fabi ist so ein Arsch.
Es ist ihm egal, ob ich sterbe oder nicht.
Er meint, ich soll nicht so ein Drama machen.
Ich weiß ueberhaupt nichts mehr. Am liebsten wuerde ich losziehen, den Berg aus meinen Traeumen suchen und einfach springen. Dann ist die Scheiße vorbei.

[01.02.2008]

Hab heute Nacht von Maik getraeumt. Scheiße. Warum nur hat er das getan?

[08.06.2008]

Zwei Jahre ist es her, aber es fuehlt sich an, als waere es gestern gewesen. Ich spuere seinen Schwanz zwischen meinen Beinen, jeden Abend, wenn ich die Augen schließe. Vodka hilft.

[07.11.2009]

Die Dunkelheit, die mich umgibt, nimmt mich in den Arm wie ein alter Freund. Ich fuehle mich geborgen, sicher und frei. Doch sobald der Tag anbricht oder Menschen versuchen, diesen Panzer zu durchbrechen, tut es so weh, dass ich nicht weiß, wie lange ich es noch aushalten kann.

[01.02.2010]

Ich hab einen Job in der Bibliothek.
Moechte Geld sparen, um hier wegzukommen.

[05.02.2010]

Meine Kollegin Ju ist so lieb und witzig.
Es ist, als wuerden wir uns schon ewig kennen.

[07.08.2010]

Mama ist gestorben.
Ich will auch sterben. Aber ich muss fuer Papa stark sein, zumindest eine Weile.

[01.03.2011]

Die Wunden auf meinen Armen brennen.
Vivi hat mich heute beim Schneiden ueberrascht. Diesmal hat sie mir keine Show

vorgeworfen, sondern gefragt, warum ich das mache. Ich hab ihr anvertraut, dass Maik mich vergewaltigt hat. Daraufhin hat sie mir von Fotos erzaehlt.
Vivi hat die Vergewaltigung fotografiert und nichts gesagt, all die Jahre. Ich komm auf dieses Leben nicht klar.

[03.03.2011]

Hab jetzt die Fotos. Ju sagt, ich soll zur Polizei gehen.
Aber was koennen die schon machen? Man sieht ja nicht, dass ich es nicht wollte.
Und ja, ich war minderjaehrig, aber soweit ich weiß, ist es nicht strafbar, wenn ich es auch wollte.
Dann steht am Ende Aussage gegen Aussage. Und ich weiß nicht mal Maiks Nachnamen.
Vielleicht sollte ich es auf sich beruhen lassen.

[28.04.2011]

Ratte kam heute mit einem Zeitungsartikel an. Maik ist jetzt Schneider und macht Hemden? Was fuer ein Scheiß Spießer. Kenne jetzt seinen Nachnamen. Hobel. Hab ihn daraufhin direkt bei Facebook gesucht und ihn zwar nicht gefunden, dafuer aber seine Frau. Junge, Maik ist verheiratet. Mit so einer, die Katzenbabys rettet und fuer Kinderdoerfer spendet. Die sollte dringend erfahren, was ihr Mann frueher so getrieben hat. Ich finde es nicht fair, dass er gluecklich ist und mein Leben nur noch bergab geht.

[29.04.2011]

Habe zwei Briefe und ein Paeckchen vorbereitet und fahre noch heute nach Berlin. Ich berichte, wie es gelaufen ist. Scheiße, bin ich aufgeregt.

Das war der letzte Eintrag. Maik schluckte schwer, denn er kannte den Rest der Geschichte. Sterni hatte die

Briefe an seine Tür geklebt und das Päckchen bei einer Nachbarin für drei Wochen zwischendeponiert, damit Anastasia es bekommen und ihn dann damit konfrontieren würde. Er war ausgerastet, hatte Sterni fast getötet. Drei Wochen später hatte sie Suizid begangen, kurz darauf war er verhaftet worden. Ende.

Maik spürte einen unbändigen Selbsthass. Niemals hatte er die Ausmaße geahnt, die eine Handlung, eine falsche Entscheidung von ihm auf ein gesamtes Menschenleben gehabt hatte. Er spürte das bittere Gefühl von Reue in sich aufsteigen. Nicht darüber, dass sein Leben jetzt so verkorkst war, sondern darüber, dass er ihres zerstört hatte. Das war ihm nie klar gewesen. Selbst nach ihrer Ansage damals im Park hatte er es nicht realisiert und immer nur seinen eigenen Arsch retten wollen. Doch jetzt, wo er im Gefängnis saß und es nichts mehr zu retten gab, prasselten die Schuldgefühle wie faustdicke Hagelkörner auf ihn nieder.

Teil zwölf

Vivi

Drei Jahre später

DIE NASSEN HAARE fielen Vivi über ihre Schultern und hinterließen ein kühles Gefühl auf ihrer Haut. *Genau das Richtige im Sommer*, dachte sie sich und ließ ihr Handtuch hängen, ging triefend aus dem Badezimmer. Seit zwei Jahren wohnte sie mit Ratte zusammen, und ihre Beziehung war mehr, als sie sich jemals erträumt hätte.

Nach über fünf Jahren Freundschaft hatte Sternis Tod beide so getroffen, dass sie enger zusammengerückt waren. Erst als Freunde und schließlich als mehr.

»Hey Schöne«, pfiff Ratte ihr aus der Küche zu, wo er, dem Duft nach zu urteilen, Pancakes in der Pfanne briet.

Vivi grinste bis über beide Ohren. Hätte man ihr das vor fünf Jahren erzählt, hätte sie nur gelacht. Sie und Ratte? Niemals. Doch hier waren sie. Ineinander vernarrt wie zwei Teenager.

Ana Juna

Wörterrascheln.

Vom Überleben und Leben.

"Wenn du den Käfig öffnest,
fliegen dir meine Gedanken entgegen.
Schwirren um deinen Kopf und mitten in dein Herz.
Ich will es wieder und wieder tun:
Wörter aus meinem Kopf entlassen
und sie auf Papier bändigen.
Zwischen Buchdeckel sperren.
Weil es auch meine Seele bändigt.
All die Gedanken geben Ruhe."

Gedichte, Prosa, und Gedankenfetzen.

"Man hat fast den Eindruck, als habe Ana Juna uns Leser*innen ihr Tagebuch zur Verfügung gestellt."

Instagram: @anajuna.autorin

ANA JUNA
WÖRTER
flüstern
Und dann traf
ich euch

Aus dem sanften Rascheln
wurde ein lautes Flüstern,
welches durch alle Ritzen
unseres Hauses kroch
und sich in meinem Herzen
wohligwarm ausbreitete.

Denn erst traf ich mich,
danach traf ich dich,
und dann traf ich euch.
Und das Leben wurde schön.

*Poesie und Prosa über Selbstliebe,
die große Liebe und Elternschaft*

www.anajuna.de. @anajuna.autorin

Zugegeben, Vivi hatte in den vergangenen Jahren sehr an sich arbeiten müssen. Nach Sternis Suizid hatte sie sich eine Therapeutin gesucht. Viel zu spät eigentlich, doch besser so als nie. Mit ihrer Hilfe hatte sie die Beziehung zu ihrer Mutter endlich verstehen und Abstand gewinnen können. Außerdem hatte sie gelernt, welche ihrer Verhaltensmuster in Freundschaften pures Gift waren und welche Alternativen es dafür gab. Offene Gespräche, damit man den Frust nicht herunterschluckte, waren meistens die Lösung. Das Gelernte war jedoch nicht nur gut für Vivis Freundschaften, sondern auch für ihre Beziehung zu Ratte. Dieser hatte sich sofort in die neue Vivi verliebt, auch wenn von seiner Seite schon immer Gefühle da gewesen waren, wie er ihr später erzählt hatte.

»Suchst du mal eine Dose raus?«, unterbrach Ratte ihre Gedanken. »Ich packe die Hälfte hier als Proviant für nachher ein.«

Heute war in Berlin eine riesige Gegendemo zu einem Naziaufmarsch, und da wollten Ratte und sie dabei sein. Vielleicht hatten sie sogar die Chance, Anastasia noch einen kurzen Besuch abzustatten. Denn so absurd das klang: Der Kontakt war nicht abgebrochen. Beide hatten Anastasia damals angeboten, alle Fragen zu Maik zu beantworten, damit sie alles besser verarbeiten könnte. Dieses Angebot hatte sie dankbar angenommen, und es hatte sich eine lose Freundschaft daraus entwickelt.

Der Fahrtwind wehte Vivi um die Nase, als sie das Fenster auf der Beifahrerseite des alten Autos herunterkurbelte. Sie waren fast in Berlin angekommen.

»Ganz schön spießig so eine Anreise mit dem Auto«, stellte sie lachend fest.

Ratte fiel in ihr Lachen ein. »Stimmt, früher waren wir immer ewig mit den Zügen unterwegs. Aber man wird schließlich nicht jünger. Wir sind jetzt alt und spießig.«

Etwas an seiner Aussage ließ Vivi frösteln, denn für sie klang alt und spießig nach Heiraten und Kinderkriegen. Während die Vorstellung, zu heiraten, ihr Herz höher schlagen ließ, ließ der Gedanke, Ratte könnte Kinder wollen, ihren Magen durchdrehen. Sie hatten noch nicht drüber gesprochen. Vivi hatte eine Kupferspirale seit vielen Jahren. Kinder zu bekommen, war für sie die schlimmste Vorstellung. Ein Blick zu Ratte, der mit den Fingern im Takt zur Musik auf dem Lenkrad trommelte, ließ sie mutig werden.

»Ratte?« Vivi schaute ihn von der Seite an, bis er ihren Blick kurz erwiderte, bevor er wieder auf die Straße schaute. »Alt und spießig schön und gut, aber ich möchte niemals Kinder.« Sie atmete tief ein. Jetzt war es raus.

»Das ist okay für mich.« Ratte legte seine rechte Hand auf Vivis Oberschenkel und drückte ihn liebevoll. »Ich hab mich ohnehin nie als Vater gesehen.«

Vivi musterte ihn. Eigentlich hätte Ratte mit seiner Geduld, seinem Verständnis und seiner liebevollen Art genau die richtigen Eigenschaften, um Vater zu sein. Aber sie spürte, was er meinte, denn ihr ging es schließlich genauso. »Ich weiß, was du meinst. Die bloße Vorstellung, Verantwortung für ein Kind zu haben, ist für mich unvorstellbar. Weißt du, ich habe das mit zwölf meiner Mutter anvertraut, aber sie hat mich ausgelacht. Meinte, ich würde meine Meinung schon noch ändern. Nur wusste ich schon damals, dass das unveränderlich ist.«

»Das ist unfassbar respektlos«, schnaubte Ratte. »Aber so kenne ich deine Mutter.«

»Wenn die Spirale in einem Jahr gewechselt werden muss, suche ich mir einen Arzt für eine Sterilisation.«

»Okay. Ich bin für dich da. Und ich werde mich vorher mit einer Vasektomie auseinandersetzen. Das Risiko, schwanger zu werden, ist bei der Spirale zwar sehr klein, aber trotzdem da. So gehen wir keine Risiken ein. Und ich schiebe das schon Jahre auf.«

Vivi wurde ganz warm ums Herz, so sehr freute sie, wie mitdenkend Ratte war.

Den Rest der Fahrt streichelte sie sein Bein und

summte glücklich jeden Song mit, den sie kannte.

Angekommen in Berlin suchten sie eine halbe Stunde einen freien Parkplatz. Als sie endlich einen gefunden hatten, stand der Entschluss fest, beim nächsten Mal wieder den Zug zu nehmen.

»Zum Glück sind wir so zeitig losgefahren.« Vivi griff nach Rattes Hand. In der Ferne hörten sie schon Trillerpfeifen und laute Stimmen.

Die Demo war ein voller Erfolg. Als sich die Menschenmassen langsam auflösten, stupste Vivi Ratte in die Seite. »Jetzt hab ich aber Hunger. Wollen wir noch irgendwo hingehen?«

Ratte nickte und schlug vor: »Wir könnten Anastasia schreiben, vielleicht hat sie spontan Zeit.«

Ihre spontane Verabredung kam tatsächlich zustande, und so saßen die drei wenig später in einem hippen Berliner Restaurant und schlugen sich die Bäuche voll.

»Und wie läuft das Blumengeschäft?«, schmatzte Ratte.

»Ganz gut, seitdem ich die Räumlichkeiten gewechselt habe, habe ich eine ganz andere Kundschaft und darf nun endlich kunstvollere Sträuße binden.«

Vivi sah Anastasia in die Augen. »Wie geht es dir?« Bis heute konnte Vivi nicht glauben, dass sich Anastasia tatsächlich gegen ihren Ehemann gestellt und sogar noch den Mut aufgebracht hatte, ihren Ex nachträglich anzuzeigen. Bei ihrem ersten Treffen war Anastasia schließlich betrunken und in ihren Augen so unzurechnungsfähig gewesen, dass alles hätte passieren können.

»Wie soll es mir gehen? Es ist drei Jahre her, doch ich denke jeden Tag an ihn. Ich dachte, ich würde mit ihm alt werden.«

»Hast du ihn jemals besucht?«

»Nur um ihm zu sagen, dass ich mich scheiden lasse. Mir ist es auch egal, ob er im Knast nun plötzlich Reue zeigt. Ich werde ihm niemals vergeben können. All die Zeit davor hat er immer so getan, als sei er besser als Sergej. Dabei stand er eigentlich auf einer Stufe mit ihm. Bitter ...«

Vivi bemerkte, dass Ratte etwas sagen wollte. Aufmunternd schaute sie ihn an.

»Also ich ...«, setzte Ratte an, »habe ihn vor zwei Jahren besucht. Hab ihm Sternis Tagesbuch gebracht. Ihr Vater hatte mich drum gebeten. Und ich muss leider sagen, ich hatte nicht das Gefühl, dass er irgendwas bereut. Aber ich hoffe, dass das Tagebuch ihm helfen wird, zu erkennen, wie schuldig er an dem Verlauf von Sternis Leben ist.«

»Aber was soll das bringen? Sterni ist tot. Seine Reue

macht sie nicht wieder lebendig«, erwiderte Vivi frustriert. Ein dicker Kloß steckte in ihrem Hals, der ihr die Luft nahm.

Anastasia räusperte sich. »Es geht dabei nicht um Sterni, sondern um alle anderen Mädchen und Frauen ...«

»Wie meinst du das?«

»Maik wird in zwei Jahren entlassen. Beide Leben, die er vor dem Gefängnis geführt hat, sind verbrannt. Er wird weder bei euch im Freundeskreis wieder Fuß fassen können noch bei mir. Maik wird sich ein neues Leben aufbauen müssen. Und wenn er nicht wieder lügt, wird er die Wahrheit sagen müssen. Er muss dazu stehen, was er getan hat. Es ist gut, wenn er lernt, Reue zu zeigen. Ansonsten wird er nur die nächste Frau belügen oder sogar Schlimmeres.«

Vivi grübelte. Darüber hatte sie noch nicht nachgedacht. Sie hatte wieder mal nur in ihrem kleinen Universum gelebt, in dem sie, Ratte und auch Anastasia die Leidtragenden waren. Doch an die Zukunft und an Maiks Kontakte dort hatte sie bisher keinen Gedanken verschwendet.

Sie wünschte sich, dass Maik bereuen würde und unter seiner Hand nie wieder eine Frau leiden müsste.

Teil dreizehn

Anastasia

Fünf Jahre später

ALS ANASTASIA DIE Tür ihres neuen Blumengeschäfts zuzog und hinter sich abschloss, fröstelte sie. Draußen war es abends inzwischen kalt geworden, der Herbst war ins Land gezogen.

Schnellen Schrittes ging sie zu ihrem kleinen, schwarzen Auto, setzte sich rein und gab umständlich ins Navi eine Adresse ein.

Sie hatte heute ein Date. Das erste Mal seit ihrer Scheidung. Erst vor kurzem hatte Anastasia beschlossen, dass es an der Zeit war, sich wieder ins Abenteuer zu stürzen, und sofort war sie im Kiosk in einen wirklich charmanten Mann gestolpert, der ihr Herz hatte höher schlagen lassen und den sie prompt zum Essen eingeladen hatte.

Anastasia wollte so gern daran glauben, dass dieses Mal alles gut gehen würde.

Ihr Schicksal war es gewesen, mit Maik verheiratet zu sein, sein schreckliches Geheimnis zu erfahren und die Stärke zu beweisen, sich von ihm zu lösen.

Im Anschluss hatte sie ihren Ex Sergej angezeigt. Aus Mangel an Beweisen war das Verfahren zwar wieder eingestellt worden, aber Anastasia war trotzdem froh darüber, es versucht zu haben. Sie hatte in dieser Zeit eine Anlaufstelle für junge Mädchen in Berlin gegründet, die sexuelle Gewalt erlebt hatten. Sie unterstützte sie dabei, ihre Peiniger anzuzeigen. All die Jahre, in denen sie alles nur verdrängt hatte, waren vorbei.

Anastasia parkte geschickt in einer Lücke nahe dem Restaurant, was sie ausgesucht hatte. Ein Blick in den Rückspiegel verriet ihr, dass ihre Haare vom Arbeitstag ganz verwuschelt waren, doch sie mit den Händen glatt zu streichen, musste reichen.

Anastasia hatte die Schnauze davon voll, sich für einen Mann besonders viel Mühe zu geben. Das hatte schon zweimal nicht geklappt. Vielleicht lockte ihr wahres Ich ja endlich jemand Gutes an. Trotzdem roch sie nochmal an ihren Achseln und stellte erleichtert fest, dass ihr Deo sein Versprechen hielt. Nur weil sie sich nicht extra herausputzen wollte, musste sie ja nicht stinkend zur ersten Verabredung erscheinen.

Bereits von weitem erkannte Anastasia ihr Date, das übrigens Jamie hieß und allem Anschein nach ähnlich nervös war wie sie. Er fummelte an seiner Uhr rum und wechselte sekündlich die Position seiner Hände. Als er sie erblickte, strahlte er, und Anastasia ließ sich anstecken. Sie freute sich von ganzem Herzen auf diesen Abend.

»Hey, du«, begrüßte sie ihn, und ihre geplante Umarmung erwiderte er mit einem Kuss auf ihre Wange, was beide seltsam zusammenstoßen ließ. Anastasia musste lachen.

»Lass uns rein gehen.« Er hielt ihr die Tür auf, was sie zwar als überflüssig empfand, aber ahnte, dass er diese Geste nur lieb meinte.

Der Kellner führte beide zu einem Tisch in der schönsten Ecke des Restaurants, weil man vom Fenster direkt auf die Spree schauen konnte.

Beim Blick in die Karte schwiegen beide, doch Anastasia empfand diese Stille nicht als störend.

»Ich würde wohl den Ziegenkäse als Vorspeise nehmen und die Spinatknödel als Hauptspeise.« Eine Entscheidung zu treffen, war nicht leicht, doch da sie ohnehin weniger Fleisch essen wollte, passte ihr das gut.

Als der Kellner kam, bestellten sie beide. Zu ihrem Essen nahm Anastasia noch ein Sprudelwasser.

»Wollen wir uns eine Flasche Wein teilen?«, fragte Jamie zwinkernd.

»Für mich nicht, ich bin trocken«, lehnte Anastasia ab und wappnete sich bereits innerlich für seine Reaktion.

»Ach so, entschuldige. Dann auch für mich ein

Wasser.«

Als der Kellner mit ihrer Bestellung verschwand, schaute Anastasia Jamie dankend an. »Du kannst ruhig trinken. Ich bin ja kein Vampir oder so, der kein Blut riechen kann.« Erleichtert sah sie sein Grinsen. Das Eis war gebrochen.

Eine halbe Stunde und einen außerordentlich guten Ziegenkäse später freute sich Anastasia nicht nur auf ihre Hauptspeise, sondern auch über die Tatsache, wie gut sie mit Jamie reden konnte.

»Und dann ist sie einfach weggerannt? Mit dem Ring?«, fragte sie erstaunt.

»Ja. Wie ein Trottel kniete ich auf dem Boden mit der leeren Schachtel.« Jamie lachte. »Wie in einem schlechten Film.«

Anastasia strich über seine Hand »Das tut mir echt leid.«

»Alles gut, ich kann inzwischen drüber lachen. Und außerdem …« Seine Stimme wurde zu einem tiefen Flüstern »… wäre ich sonst jetzt verheiratet und würde hier nicht mit dir sitzen.«

In Anastasias Schoß breitete sich ein Kribbeln aus, das jeden Moment in einem Feuerwerk zu explodieren drohte.

Der Kellner unterbrach das Knistern jedoch, als er die Spinatknödel vor ihr und ein Schnitzel vor Jamie abstellte und ihnen einen guten Appetit wünschte.

Als beide satt ihre leeren Teller von sich schoben, warf Anastasia einen erneuten Blick in die Karte.

»Wollen wir uns noch ein Schokodessert teilen?«, raunte sie.

Jamie schüttelte den Kopf. »Ich bekomme keinen Bissen mehr runter. Lass uns bezahlen und noch eine Bar suchen. Ich kenne eine, die macht die besten alkoholfreien Cocktails in Berlin.«

»Ich verschwinde noch mal kurz.« Anastasia wollte in keine Bar. Sie wollte ihn mit zu sich nehmen, ausziehen und ...

Auf dem Rückweg von der Toilette bezahlte sie schnell an der Theke die Rechnung. Sie hatte keine Lust, gleich mit Jamie zu diskutieren, wer die Rechnung übernahm. Schließlich hatte sie ihn um ein Date gebeten und das Restaurant ausgesucht.

»Wollen wir?«, fragte sie, als sie am Tisch ankam. Auf seinen fragenden Blick Richtung Kellner fügte sie hinzu: »Schon erledigt.«

Die Abendluft an der Spree war so eisig, dass Anastasia dankbar war, dass Jamie keinerlei Berührungsängste hatte und sie fest an sich zog. Arm in Arm liefen sie nebeneinander her.

»Ich parke hier hinten, und du?« Anastasia zeigte nach rechts.

»Ich bin mit der U-Bahn hergekommen.«

»Perfekt, dann bleibt kein Auto zurück, wenn wir jetzt zu mir fahren.«

Jamie schaute sie überrascht an, doch er gab keine Widerworte, was das Feuerwerk in Anastasia noch mehr entfachte.

Während der Fahrt waren beide still. Jamies Hand lag auf ihrem Oberschenkel. Sie glitt gelegentlich zwischen dem Schalten mit ihren Fingern an seiner Schulter entlang. Die Lust zwischen den beiden war greifbar in dem kleinen Wagen.

Als Anastasia vor dem Haus ihrer neuen Wohnung parkte und den Motor abstellte, beugte sich Jamie zu ihr und küsste sie. Zunächst vorsichtig, doch je leidenschaftlicher Anastasia wurde, desto mehr öffnete auch er sich. Atemlos keuchten beide, die Lippen aufeinander gepresst und die Hände auf Erkundungstour.

Als Jamies Ellenbogen die Hupe bediente, prustete Anastasia: »Vielleicht gehen wir doch besser rein.«

Ihre Hände verschränkten sich ineinander, als sie den Weg zum Haus gingen. Anastasia bekam die Tür kaum aufgeschlossen, weil sich Jamie direkt an der Tür hinter sie stellte und ihren Nacken liebkoste. Irgendwann kamen sie jedoch nach drinnen. Das Treppenhaus und auch die zweite Tür zur Wohnung überwanden sie irgendwie.

»Die Führung durch die Wohnung bekommst du später«, stöhnte Anastasia in Jamies Ohr und zog ihn an seinem Hemdkragen an sich. Sie spürte seinen Herzschlag unter seiner muskulösen Brust und drängte sich an ihn.

Sanft fasste er an ihre Hüften.

»Ich bin nicht aus Zucker«, raunte Anastasia und stöhnte, als sein Griff fester wurde. Sie machte sich an seinem Gürtel zu schaffen, was nicht lange dauerte, denn er übernahm und zog sich Hose und Hemd aus. Nun stand er in Unterhemd und Boxershorts da. Seine Muskeln brachten Anastasia um den Verstand. Sie schob das Shirt hoch und entdeckte zu ihrer Freude, dass er kein Sixpack hatte. Sie liebte es, wenn Männer breite Schultern hatten, aber einen Bauch, dem man ansah, dass er gerne aß.

»Du hast viel zu viel an«, murmelte Jamie und machte sich an den Knöpfen ihrer Bluse zu schaffen. Anastasia half, zog sich Rock und Oberteil aus und stand nun in Unterwäsche vor ihm.

Der BH passte nicht zum Höschen, und es konnte ihr nicht egaler sein.

Jamies Blick glühte bei ihrem Anblick, und seine Hände griffen fest in ihre Hüften, zogen sie an sich.

Sie standen immer noch im Flur, doch Anastasia

wollte keine Sekunde damit verschwenden, den Raum zu wechseln.

Jamie hatte es allerdings nicht so eilig, hob sie hoch und fragte: »Bett oder Sofa?«

»Linke Tür.« Anastasia konnte keinen klaren Gedanken fassen, so sehr übernahm die Lust die Kontrolle über sie.

Jamie warf sie aufs Bett und legte sich auf sie. Er küsste ihren Hals, zog sanft den BH aus und küsste und knetete ihre Brüste. Anastasia hob ihre Hüfte und presste sich an ihn. Sie konnte seine Erregung spüren und tastete mit den Händen nach seiner Boxershorts, um sie auszuziehen. Jamie zog sich das Shirt aus, und Anastasia nutzte den Moment, ihren Slip loszuwerden. Keine Schicht Stoff war nun mehr zwischen ihnen.

»Kondome?«, fragte Jamie.

Anastasia griff zum Nachtschrank. Früher mit Maik hatte sie mit NFP verhütet und ironischerweise kannte sie ihren Zyklus auch jetzt noch. Sie war nicht fruchtbar. Doch ein Kondom war für sie trotzdem Pflicht, denn genau genommen kannte sie Jamie erst seit fünf Minuten.

Während sich Jamie das Kondom überstreifte, blieb Anastasia eine Sekunde zum Nachdenken. Wann hatte sie sich das letzte Mal so begehrt gefühlt?

An dem Morgen, als das Paket gekommen war.

»Alles okay?«, fragte Jamie, der die Veränderung in

ihrem Blick wohl bemerkt hatte.

»Ja«, sagte Anastasia, und es war nicht gelogen. Alles war in Ordnung. Es hatte viel Zeit, Kraft und Tränen gekostet, doch sie war drüber weggekommen. Bei dem Gedanken stahl sich ein Lächeln auf ihre Lippen.

Als Jamie in sie eindrang, explodierte das Feuerwerk in Anastasia in hunderttausend Farben.

Anastasia wachte am nächsten Morgen von der Türklingel auf.

»Scheiße«, murmelte sie in Jamies Schulter, an die sie gekuschelt war. »Bestimmt die Post.«

»Erwartest du etwas?«

»Ehrlich gesagt, ja. Einen neuen Fernseher.« Anastasia lachte. Sie war süchtig nach guten Serien und hatte in ihrer neuen Wohnung bisher nur ein kleineres Modell stehen. »Ich steh dann mal auf, bevor der Postbote es wieder mitnimmt. Mehr als dreimal klingelt er nicht.«

Anastasia hatte den besten Postboten der Welt. Er hatte Geduld und wusste, dass sie frühmorgens immer ein Weilchen brauchte.

»Quatsch, bleib liegen«, forderte Jamie, sprang auf und zog sich seine Boxershorts über. »Ich bin schneller provisorisch angezogen.«

Anastasia schmunzelte und ließ ihn gehen. Es klingelte erneut. Jamie eilte zur Tür, drückte den Summer.

Anastasia lauschte, erwartete, gleich die Stimme ihres Postboten zu hören. Doch was sie dann vernahm, ließ ihr das Blut in den Adern gefrieren.

»Ich wollte zu Anastasia.«

»Wer bitte sind Sie?«

»Ihr Ex. Und ich könnte wohl dasselbe fragen.«

Anastasias Hände begannen, zu zittern, als sie Maiks Stimme hörte. Eilig griff sie nach dem Bademantel, der neben dem Bett lag, zog ihn eng an sich und hastete in den Flur.

Jamie stand vor Maik, die Arme verschränkt. Maik starrte an ihm vorbei und Anastasia direkt in die Augen.

»Ich muss mir dir reden«, flehte er. Seine Augen füllten sich mit Tränen. Den Anblick konnte sie nicht ertragen. Maik hatte noch nie in ihrer Gegenwart geweint.

»Es wird nichts ändern!«, sagte sie entschlossen, obwohl alles in ihr bebte. »Ich habe damit abgeschlossen.«

»Sehe ich ...«, erwiderte Maik und schaute in Jamies Richtung.

Anastasia rollte mit den Augen. Es war so typisch. Er wusste nichts über sie und Jamie, und doch hatte er direkt sein Urteil gefällt. »Verschwinde aus meinem

Leben, Maik. Und tu dir einen Gefallen und verlasse Berlin.« Mit jedem Wort ging sie auf ihn zu. Sie stellte sich zwischen Jamie und Maik, als ob sie ihre Gegenwart vor ihrer Vergangenheit schützen wollte. »Maik Hobel, du hast das Schlimmste getan, was ein Mensch tun kann: Du hast mein Vertrauen missbraucht. Du hättest mir sagen müssen, was zwischen dir und Sterni passiert ist. Dann hätte ich entscheiden können, ob ich mich auf dich einlasse oder nicht. Doch du hast es verheimlicht.«

»Aber ich habe mich doch bemüht, ein besserer Mensch zu werden. War ich nicht immer gut zu dir?«, warf Maik ein.

»Du hast gelogen. Es ist egal, wie nett du zu mir warst. Selbst als du geahnt hast, dass ich es rausfinden werde, hast du weitergelogen. Und jetzt geh!« Mit den letzten Worten ging Anastasia weiter auf Maik zu, griff nach der Tür und schmiss sie mit voller Wucht zu. Maik trommelte auf der anderen Seite dagegen, schrie verzweifelt ihren Namen. Anastasia sackte zusammen. Spürte Jamies Hände auf ihren Schultern, hilflos, denn schließlich kannten sie sich gar nicht.

»Er wird bestimmt gleich gehen, du kannst dann abhauen, wenn du möchtest«, sagte Anastasia.

»Wieso sollte ich gehen?«

»Weil ich ein One-Night-Stand war. Weil ich kaputt bin. Weil meine Vergangenheit mich zerstört hat. Wieso solltest du so etwas wollen?« Ihre Stimme brach.

»Anastasia, hör mir zu.« Jamies Stimme war sanft und ruhig, und in diesem Moment bemerkte Anastasia, dass es auch im Hausflur ruhig geworden war. »Du bringst mich zum Lachen, zum Nachdenken und zum Schmelzen. Ich werde dich jetzt sicher nicht aufgeben, nur weil ich einen Einblick in deine Vergangenheit bekommen habe. Außerdem habe ich gesehen, wie stark und mutig du bist.«

Anastasia spürte, wie ihr die Röte ins Gesicht stieg. Ganz warm fühlte es sich an. »Ich werde womöglich nie wieder zu hundert Prozent vertrauen können.« Ihre Stimme brach, weil ihr in dem Augenblick bewusst wurde, dass sie noch nicht drüber hinweg war, was passiert war. Sie hatte mit Maik abgeschlossen, hatte ihn rauswerfen können und würde ihn nie wieder in ihr Leben lassen. Doch er hatte etwas in ihr zerstört, so wie er etwas in Sterni zerstört hatte. Etwas, das sich nie wieder vollständig reparieren lassen würde. Eine Träne lief über Anastasias Wange.

Jamie wischte sie vorsichtig weg. Sie sprachen kein Wort, saßen einfach so da. Und Anastasia spürte, dass Jamie es versuchen würde. Er würde um ihr Vertrauen kämpfen. Vielleicht würde er den Kampf gegen ihre Dämonen sogar irgendwann gewinnen. Doch er würde viel Geduld und Zeit mitbringen müssen. Mehr als viele bereit waren, zu geben.

Was übrig bleibt

Ich falte mich winzig klein,
So wie den Brief,
In dem die Wahrheit stand.
Eine Wahrheit, die kaum zu ertragen ist.
Meine Haut hat feine Risse,
So fein, dass sie kaum zu sehen sind.
Doch sie sind da
Und sie reißen
Und reißen
Kontinuierlich.
Bis ich auseinanderfalle
Und nicht mehr bin als
Abertausend kleine Stücke.
Wer hebt mich auf,
Wenn ich mich nicht mehr greifen kann?
Und wer klebt mich zusammen,
Wenn ich mich nicht mehr halten kann?
Ein Kunstwerk,
Voll Schmerz
Voll Qual.
Meine Erinnerungen zerfressen mich.
Stück für Stück für Stück.
Bis nichts mehr
Übrig ist.

Ende

Danksagung

GANZ AM SCHLUSS möchte ich mich noch bedanken. Ich habe noch nie ein Buch und dementsprechend noch nie eine Danksagung geschrieben und die größte Angst, die ich beim Schreiben habe, ist es, jemanden zu vergessen.

Aber wagen wir es!

Als Erstes möchte ich mich bei meinen besten Freundinnen und meiner Schwester bedanken: Marieke, Lisa, Mirja, Julia – Danke, dass es euch gibt! Ihr habt euch über Monate ellenlange Sprachnachrichten angehört, meine Texte testgelesen und genau die richtigen Fragen an die Geschichte gestellt.

Ein besonderer Dank geht an Mirja, die mit ihrem Einsatz im Bereich Feminismus ein wahres Vorbild ist und mir immer wieder neue Denkanstöße gibt.

Dankeschön auch an Anne, mit der ich mich bereits durchs Abitur geboxt habe, und die auch bei diesem Meilenstein mit all ihren Tipps und Ideen an meiner Seite stand.

Bei meiner Familie, die mich immer in meinem Traum, ein Buch zu veröffentlichen, unterstützt hat. Ganz speziell bei meinem Papa, der mein ganzes Leben mein

Hafen war und meiner Mama, die in diesem Moment mit meinem Räuberkind ein Stockwerk tiefer spielt, damit ich arbeiten kann.

Bei meinem Ehemann André, der bei all meinen Projekten und Träumen hinter mir steht. Danke, dass du an mich glaubst. Danke, dass du kein Maik bist, sondern mein täglicher Grund aufzustehen.

Du bist der Grund, weshalb ich sagen kann: es wird besser werden und es gibt gute Männer da draußen, die dich respektieren und so behandeln, wie du es verdienst.

Bei Melina, die ich durch Zufall auf Instagram fand, als meine Geschichte in den Babyschuhen steckte, und die ich vom Fleck weg als Lektorin haben musste. Du hast mich zu einer besseren Schriftstellerin gemacht. Deine Anmerkungen, deine Tipps und dein offenes Ohr – ohne dich wäre diese Reihe nicht, was sie ist, und ich kann nicht in Worte fassen, wie glücklich ich bin, dich kennengelernt und nun an meiner Seite zu haben!

Außerdem möchte ich mich bei Marie für diesen unglaublich wunderschönen Buchsatz bedanken, bei Nina für das Cover, das wie angegossen zu meiner Geschichte passt, und bei Robyn, die die schönen Illustrationen für dieses Buch gezaubert hat.

Abschließend bedanke ich mich bei meinen Bloggerinnen, der #ANAJUNACREW, die mich unterstützen, wo sie nur können und bei allen Leser_innen, die sich die Zeit nehmen, in meine Gedankenwelten einzutauchen. Ohne euch hätte ich niemals den Mut gehabt, dieses Buch zu veröffentlichen.

Triggerwarnung

Wie im Vorwort angekündigt, folgt hier die ausführliche Triggerwarnung für alle, die bei bestimmten Themen Auslöser haben.

Dieses Buch enthält Trigger zu den Themen sexuelle Gewalt/Vergewaltigung, Depressionen, Alkoholmissbrauch, Suizid und Gewalttaten. Diese Themen verdienen eine Plattform, denn sie sind im Leben vieler (junger) Menschen präsent.

Wenn ihr von diesen Themen betroffen seid, könnt ihr euch Hilfe holen.

Zum Beispiel bei:

Hilfetelefon sexueller Missbrauch: 0800-22 55 530

Ihr seid nicht allein!

Über die Autorin

Ana Juna wurde im Jahr 1992 in Niedersachsen geboren, hat 1998 schreiben gelernt und seitdem nicht wieder damit aufgehört.

Schreiben ist für sie schon immer der Abbau negativer Emotionen, das Verarbeiten von Erlebtem und die Flucht in andere Welten.

»Ich schreibe über unbequeme Themen. Ungerechtigkeiten, Gewalt, Unterdrückung. Ängste, Depressionen, Verlust. Meine Charaktere sind echt, widersprüchlich und werden ohne Rücksicht mitten ins Geschehen geworfen. So wie im wahren Leben.«